FANTASY STORY

고랭지 판타지 장편소설

디펜스 게임의 군주가 되었다

디펜스 게임의 군주가 되었다 제2권

초판 1쇄 인쇄일 | 2025년 01월 01일
초판 1쇄 발행일 | 2025년 01월 08일

지은이 | 고랭지
발행인 | 조승진

편집기획팀 | 이기일, 김정환
출판제작팀 | 이상민

펴낸곳 | 데이즈엔터(주)
주소 | (07551) 서울, 강서구 양천로 570, NH서울축산농협 NH서울타워 19층(등촌동)
전화 | 02-2013-5665(代) | **FAX** 032-3479-9872
등록번호 | 제 2023-000050호
홈페이지 | www.daysenter.com
E-mail | alldays1@daysenter.com

ISBN 979-11-7309-578-8
ISBN 979-11-7309-574-0 (세트)

디펜스 게임의 군주가 되었다

제1장
침식의 안개

쇄아아아아!

하늘을 가득 채우고 있는 검은 비.

현 상황은 아론의 예상에서 한 치도 빗나가지 않았다.

온 세상이 검게 보이는 이유는 검은 안개 때문이었다.

아직 해가 뜨지 않은 탓도 있었지만, 근본적인 원인을 따지면 마기가 문제다.

그 사실을 인지하자 반투명 창이 떴다.

[침식의 안개로 인해 움직임이 5% 둔화됩니다.]

약간의 디버프다.

지금은 게임으로 치면 초반에 해당하였기에 '고작' 이

정도의 디버프만 들어오는 것이다.

시간이 흐를수록 온갖 방법으로 유저를 괴롭히게 되니, 그에 대한 대비를 하지 않는다면 생존자체가 불가능해진다.

민첩이 5% 깎인 것뿐이었지만 몸이 무겁게 느껴졌다.

아론은 침공까지 남은 시간을 확인했다.

[1:05:11]

"한 시간 남짓인가."

세상이 어둠에 잠겨 있었으나 병사들은 빠르게 기상해 간단한 식사를 했다.

그들이 완전 무장을 하고 대기하기까지는 그리 오랜 시간이 걸리지 않았다.

아론은 우비를 걸친 채 병영을 살폈다.

검은 안개 때문에 마기 섞인 비가 내렸지만 아직 사기는 괜찮았다.

시간이 흐를수록 검은 안개는 짙어졌다.

시계는 고작 몇 미터밖에 안 됐다.

'잘 보이지도 않는데 침식된 고블린의 독침은 치명적이지.'

아론이 파이온 자작군을 고기 방패로 내세운 이유였다.

비가 내리고 있었기에 독침의 위력은 약화되겠지만, 마

비 독에 맞으면 심각한 디버프를 유발한다.

　최소한 고블린이 가진 독침이 다 떨어질 때까지는 파이온 자작이 버텨 주어야 한다.

[00:05:00]

　-끼기기긱!
　-끼에에엑!
　시간이 빠르게 떨어졌다.
　침공이 얼마 남지 않자 목재 성벽 위에 병사들이 배치되었다.
　검게 물들어 있는 세상, 사물이 잘 분간되지 않는 환경과 멀리서 움직이는 기괴한 울음까지.
　칠판을 긁어내리는 고음이 병영을 집어삼키자, 절로 침음이 흘렀다.

[침공이 시작됩니다.]

"우리는 굳건히 자리를 지킨다!"

바란테 요새.
파이온 자작은 새벽부터 일어나 준비를 했다.

어제 오라클 남작의 행동을 보면 해가 뜨자마자 전쟁이 시작된다고 확신했기 때문이다.

준비는 만전이었다.

오라클 남작은 반파된 바란테 요새를 던져 주고, 각개 격파한다는 계획이겠지만 그게 통할 거라 생각했다면 큰 오산이다.

파이온 자작은 오라클 남작의 작전을 간파해 전군을 이끌고 왔다.

인부도 대량으로 들여와 어설프게나마 성벽을 수리했다.

오라클 남작이 진군한다면 여기서 한차례 막은 후 남작령을 집어삼킬 것이다.

자작의 행복한 망상이 깨진 것은 오라클 남작이 아닌 동쪽에서 쳐들어온 몬스터 군단 때문이었다.

"주군! 적이 몰려옵니다!"

"적?"

ㅡ끼에에엑!

ㅡ끼기기긱!

기괴한 울음소리가 울려 퍼지자 자작은 성벽으로 올라왔다.

검게 낀 안개 때문에 시야가 흐렸다.

"큭!"

갑자기 호위병이 목을 붙잡으며 쓰러졌다.

"방패병!"

병사들이 방패로 자작의 앞을 가로막았다.

툭. 투두두둑.

허공에서 뭔가가 쏟아졌다.

"화살? 아니다. 그렇다고 보기에는 파괴력이 보잘것없다."

"독침입니다!"

고블린 군단이었다.

하나하나의 개체로 보면 최약체라 할 수 있었지만, 집단적으로 쏘는 독침은 꽤 위협적이었다.

마비 독의 일종으로 움직임을 둔화시키는 정도이며, 10~20분 내로 풀리지만 전쟁 상황에서는 목숨을 앗아 갈 수 있었다.

군단의 파도가 몰아쳤다.

자작은 고래고래 소리를 질렀다.

"막아! 고작 고블린 아닌가!"

급작스러운 몬스터 군단의 침공에도 기사들은 당황하지 않았다.

이 세상 사람들은 몬스터 침공을 평소에도 받고 살았다.

최근에는 전 대륙을 강타할 정도로 몬스터가 들끓는지라, 마물이 쳐들어오면 어떤 식으로 행동해야 하는지를 잘 알았다.

화살을 날리고 성벽을 기어 올라오는 놈들을 쳐서 떨어뜨린다.

예상대로 고블린은 약했다.

최약체라고 불리는 놈들답게 손쉽게 떨어뜨렸으며, 전투력도 그리 강하지 않았다. 문제는 숫자였다.

"너무 많습니다!"

"웬 마비 독이 이렇게……. 커억!"

고블린이 끝도 없이 밀려왔다.

더욱 두려운 것은 놈들이 일반적인 몬스터가 아니라는 점이었다.

마기에 완전히 침식되었는지 검게 물들어 있는 눈동자와 목숨을 도외시한 공격은 기를 질리게 했다.

파이온 자작의 머릿속에 경종이 울렸다.

'오라클 남작은 이 모든 것을 예견했나!'

전신에 소름이 쫙 돋았다.

지금껏 오라클 영지는 여신에 대한 믿음으로 버티고 있다고 했다.

남작이 여신의 사도를 참칭하여 신정 일치를 구현했다고.

"그저 통치 수단이라 생각했거늘!"

툭.

망연자실한 자작의 목에 뭔가가 박혔다.

하필이면 경동맥에 마비 독이 박히는 바람에 꽤 치명적

으로 작용했다.

파이온 자작의 시야가 암전됐다.

해가 뜰 시간이 한참이나 지나면서 시계가 넓어졌다.

시간이 흐를수록 검은 안개도 약해졌다.

덕분에 우중 전투가 이어지고 있는 바란테 요새의 상황을 확인할 수 있었다.

"어, 어마어마한 군단입니다."

마이어 단장의 말에 기사 모두가 움찔거렸다.

저 정도면 최소 5천이다.

최약체라는 고블린이었지만 저렇게 많으면 싸우다 지칠 것이 확실했다.

성벽은 녹색의 피로 점철되었다.

어설프게나마 수리했던 성벽 아래에는 고블린과 인간의 시신으로 뒤섞이며 켜켜이 쌓였다.

마기에 침식된 고블린은 동료의 시신을 발판 삼아 성벽을 넘기 시작했다.

팔다리가 떨어져 나가도 맹목적으로 달려드는 모습은 마치 언데드 군단을 연상케 했다.

놈들의 모습도 문제였다.

눈동자가 검게 물들어 아지랑이가 피어오르는 걸 보니, 도저히 정상적인(?) 몬스터 같지 않았다.

자연스럽게 아군의 사기도 떨어졌다.

파이온 자작군이 완전히 무너지기 전에 진입해야 하는 상황이었다.

아론이 뒤돌아 병사들을 바라봤다.

"두려워 말라!"

"……."

한순간에 시선이 아론에게 집중되었다.

병사들의 눈동자에 열망이 피어났다.

바란테 요새가 시시각각으로 무너지는 모습을 보며 걱정이 많았지만, 아론을 보자 자동적으로 여신 베일리를 연상했던 것이다.

매우 바람직한 현상이었다.

'나를 보자마자 베일리를 떠올린다면 전장에서 사기를 끌어 올리는 상징이 될 수 있다.'

아론은 아주 강하게 약을 쳐야 했다.

고블린의 숫자가 줄어들었다고 한들 3천이 넘어갔기에, 제정신으로는 저길 뚫고 들어갈 수 없다.

"우리는 모두 천국에서 만날 것이다. 오늘 죽어도 성급을 받을 것이니 죽음을 불사하라!"

"오오!"

병사들이 병장기를 치켜들었다.

영지의 문명이 신앙으로 정해진 마당이었기에 철저하게

그 점을 파고들어야 한다.

바이킹이 전사들을 광적으로 변화시키기 위해 이런 신념을 주입시켰다던가.

"여신께서 함께하시니 두려움이 없을 것이다."

'일괄 승급!'

아론은 이 순간을 위해 최하급 병사들이나 하급 병사들의 승급을 최대한 미루고 있었다.

홍수가 나면서 경험치 던전은 잠시 폐쇄되었지만, 그 전까지 꾸준하게 레벨을 올려 꽤 많은 신병이 승급을 앞두고 있었다.

그들을 한꺼번에 승급시키자 아군 진영 전체가 광휘에 휩싸였다.

또한.

[사방 60m 내에 신성의 오라가 발현됩니다.]

[HP 회복률 +2]

[언데드에 대한 대미지 +2]

신성의 오라를 사용함으로 광휘를 더했다.

"가자!"

"와아아아!"

아론은 병사들의 광전사 스위치를 'ON' 했다.

두두두두!

50기의 중갑 기병이 점점 속도를 높여 갔다.

강력한 돌파력을 내기 위해서는 최대 속력에 도달해야 한다.

임시 요새에서 바란테까지 300m의 거리가 있었으므로 속도를 내기에는 부족하지 않았다.

중갑 기병은 말도르 카브란이 지휘했다.

기병은 본대와 떨어져 '축복'에서 벗어났지만 사기는 매우 충만했다.

'신께서 실존하지 않으신다면 설명되지 않는 현상이다.'

말도르 카브란은 아론 오라클이 뛰어난 지휘관이자 군주라는 사실을 인정하고 있었다.

이번 작전만 해도 그랬다.

파이온 자작을 고기 방패로 내세우지 않았다면 피투성이가 되어 찢겨 나가는 것은 말도르 본인이었을 것이다.

고블린이 쏘는 마비 독이 떨어질 때까지 자작이 버텨 준다면, 저들을 쓰러뜨릴 가능성이 높아진다.

아론 오라클의 뛰어난 책략도 그렇지만, 매 전투마다 기적을 내리는 모습은 충격 그 자체였다.

촤아아아!

우중 전투라 시야를 확보하는 것이 꽤 어려웠다.

자꾸만 빗물이 들이쳐 눈을 부릅떠야만 했다.

그럼에도,

"신께서 함께하신다!"

"와아아아!"

꽈직!

퍼어어억!

중세 최강의 전투 병기가 고블린 무리를 휩쓸고 지나갔다.

인간조차 쉽게 뭉개 버리는 중갑 기병이다.

키가 고작 7~8세 어린아이 수준에 불과한 고블린 따위는 쉽게 짓이겼다.

물론 이것만으로는 전황을 뒤집을 수 없었다.

한 번의 돌파를 마친 중갑 기병이 반전했다.

"베일리와 신성 군주를 위하여!"

말도르 카브란의 몸에서 신성력이 터졌다.

말도르가 기병을 이끌며 길을 뚫자 그사이를 본대가 비집고 들어갔다.

한차례 고블린 무리가 홍해의 기적처럼 쭉 갈라졌지만, 오래 걸리지 않아 다시 채워지려 했다.

쏴아아아!

빗줄기가 약해지기는커녕 더욱 거세지는 중이었다.

찰팍! 찰팍!

빗물이 벌써 발목까지 차오르고 있었다.

시야도 방해되고 체온을 떨어뜨려 더욱 움직임을 둔화시켰지만, 전격 마법에 한해서는 이보다 좋은 환경이 없었다.

고압 전류가 화살 형태로 날아가 아군이 나아가야 할 길의 한복판에 떨어졌다.

빠지지직!

"끼에에엑!"

반경 1m 안의 고블린은 시커멓게 타서 죽었으며, 그 파급력이 3m 이상으로 번졌다.

잠깐이지만 고블린들이 몸을 부르르 떨며 감전되었던 것이다.

아론을 필두로 기사들이 길을 뚫으며 반파된 성문을 향해 전진했다.

무너진 성문으로 고블린들이 쏟아져 들어가고 있어 조금만 구원이 늦으면 자작군이 전멸할 것이다.

그들이 고기 방패가 되어 주기를 바랐지만, 전멸은 막아야 한다.

가뜩이나 병력이 부족했으니, 어떻게든 흡수해 군대의 몸집을 불려야 했기 때문이다.

절망에 빠져 있던 자작군은 아론의 군대를 보며 환호했다.

"구원군이다!"

"살았어!"

아론은 성문을 뚫고 들어와 지휘관부터 찾았다.

"책임자가 누군가!"

"접니다!"

급박한 상황에 아론의 군대는 입성했지만 성문이 뚫려 그곳을 틀어막아야 했다.

성문만 문제가 아니다.

성벽으로도 고블린들이 끊임없이 올라오고 있었다.

그럼에도 지휘권은 중요하다.

이곳의 책임자는 젠트라 오마르였다.

"자작께서는?"

"……전사하셨습니다."

'운이 좋군.'

아론은 입술이 뒤틀려지려는 것을 간신히 찍어 눌렀다.

여기서 좋다고 웃으면 반발을 사는 것은 물론, 군주를 모욕한 것이 된다.

강제로 표정을 일그러뜨린 아론이 한마디로 젠트라를 압도했다.

"자작께서 사망하셨으니 본관이 지휘권을 인수한다. 불만이 있으면 지금 말하라."

"……없습니다."

아론은 혼전을 틈타 자작군을 장악했다.

자작이 사망하면서 자작군은 그대로 붕괴될 위기였다.

그 덕분에 아론은 자작군의 지휘권을 가져오는데 성공했지만, 결코 좋은 상황은 아니었다.

끝도 없이 밀려드는 고블린들이 요새로 침투하면서 엄청난 사상자가 발생하고 있었기 때문이다.

'이대로는 희망이 없다.'

과연 최악의 난이도를 자랑하는 디펜스 워의 세상다웠다.

파이온 자작을 방패로 사용하지 않았다면 지금껏 버티지도 못했을 것이다.

600명이나 되는 대군으로도 광전사로 변한 고블린을 막지 못했는데, 징집병과 합쳐 300명에 불과한 아론의 군대가 막을 리 없었다.

한눈에도 자작군의 피해는 심각했다.

'최소한 반이고, 어쩌면 그 이상 죽었다.'

동쪽에서 시작된 침공은 전방위적으로 요새를 압박했다.

한 가지 위안이라면 초기에 시작된 독침 공격이 멎었다는 점이다.

아군과 몬스터 군단이 뒤섞였으니 당연한 현상이었다.

신심(?)으로 무장한 남작군이 합류하자 조금은 나아진 모습이었지만, 결국은 지쳐 쓰러질 것이다.

지금 필요한 것은 '인성질'이다.

일반적인 군주들은 후방에서 지휘한다.

군주가 사망하면 지휘 체계가 무너지며 끝장이었기에, 본인의 안위를 최우선으로 여기는 것이다.

아론 역시 이 세상이 일반적으로 돌아가는 왕국이었다면 그리했을 것이다.

'안일한 마음으로는 결코 클리어할 수 없다.'

높아진 난이도.

오크 군단에 비하면 고블린의 전투력은 그 반에도 미치지 못하였지만 어마어마한 숫자가 문제다.

가장 위험한 전장을 군주가 틀어막는 것이다.

아군으로 편입된 자작군을 추후 포섭하기 위한 방법임과 동시에 아론이 가진 무력으로 상황을 극복하기 위한 최후의 수단이었다.

"주군! 성문이 뚫리려 합니다!"

방패병들이 어떻게든 성문을 사수하고 있었지만, 끝도 없이 밀려들어 오는 고블린 군단 때문에 기가 질렸다.

슬슬 두려움이 전장 전체를 지배했다.

"내가 막는다!"

"예!? 그건 불가합니다!"

마이어 경이 아론의 결정에 깜짝 놀라며 반대했다.

성문은 지옥이었다.

수많은 시신이 산처럼 쌓이고 있었으며, 두려움 따위는 존재하지 않는 침식된 고블린들이 끝없이 밀려왔다.

오크 로드와 일대일 대결을 벌이는 것보다 힘든 상황이었다.

그럼에도 아론은 결정을 번복하지 않았다.

"나의 기사들이 지켜 줄 것을 믿는다."

"……목숨을 바쳐 주군을 지킬 것입니다."

마이어 경은 아론이 물러서지 않을 것임을 직감했다.

군주가 움직이지 않으면 사기가 떨어져 멸망할 것이 기정사실기도 했고.

"가자!"

아론은 마이어 경과 칼슨 경을 이끌고 성문으로 달렸다.

그즈음에는 성문이 완전히 박살 난 상태였다.

"영주님께서 오셨다!"

"와아아아! 신성 군주께서 함께하신다!"

단순히 아론이 나타났기에 병사들이 힘을 내는 것이 아니었다.

신성한 오라 안에 들어오면 체력이 회복되며 좀 더 전투력이 상승됐기 때문이다.

아론은 성문에 자리를 잡고 스킬을 사용했다.

'신성한 방패.'

[방패에 가해지는 충격이 40% 감소합니다.]

거대한 방패로 고블린들의 공격을 받으며 장검을 휘둘렀
다.

아론의 방패가 스킬 효과로 인해 하얗게 빛났다.

"여신께서 기적을 내려 주시니 반드시 승리할 것이다!"

"여신께서 함께하신다!"

퍽!

푸하학!

젠트라 오마르는 거대한 메이스로 고블린의 머리를 찍었
다.

녹색의 피가 튀었다.

사방에 널린 고블린의 시신 탓에 한 걸음을 떼기도 어려
웠다.

고블린 군단의 숫자는 압도적이었다.

그야말로 인해 전술인 것이다.

부족한 질을 양으로 밀어붙인다는 의미다.

퍼억! 퍼억!

팔이 떨어져 나갈 것 같았다.

그런 와중에도 젠트라는 아론 오라클의 움직임에 신경
썼다.

'순식간에 지휘권을 잃었다.'

조금이라도 자작군이 유리했다면 결코 지휘권을 넘기는

짓은 하지 않았을 것이다.

이번에는 어쩔 수 없었다.

오라클 남작이 원군을 보내지 않았더라면 아군은 전멸하고도 남았다.

덕분에 오라클 남작에 대한 병사들의 평가는 수직으로 상승했다.

[우리는 오라클 영지를 무단 침입하고 그들의 영토를 침공하기 위해 모였음에도 남작은 원군을 보냈다!]

[남작은 베일리의 사도라고 한다. 신께서 신성 군주에게 사명을 주셨다면 가능한 일 아닐까?]

[신성 군주는 모두 알고 있었다! 여신께서 계시하신 거야!]

오라클 영지에 신성 군주가 출현했다는 소문은 이미 자자하게 퍼진 상태였다.

여신의 계시를 받는 군주의 영지를 명분도 없이 점거했기에 병사들의 여론은 썩 좋지 못했다.

50년 전에 맺은 협약을 들먹였다는 자체가 사실은 말도 안 되는 일이었다.

그럼에도 오라클 남작이 아군을 구원했으니 도저히 지휘권을 지킬 수 없었다.

충격적인 행보는 그뿐만이 아니었다.

'도대체 어떤 군주가 최전방에서 전투를 벌인다는 말인가!'

그저 놀라울 따름이었다.

더욱 놀라운 사실은 오라클 남작이 단순히 사기를 올리기 위해 검을 든 것이 아니라 지나치게 잘 싸운다는 점에 있었다.

남작의 몸에서는 광휘가 끊임없이 흘러나왔다.

그 범위 안에 들어가 있는 병사들은 신의 군대가 강림한 것처럼 싸웠다.

비교적 약한 몬스터를 잡고 있었기에 그리 느끼는 것일 수도 있지만, 실제로 다른 병사들보다 회복이 빨랐다.

남작이 방패를 휘두를 때마다 신성한 빛이 짧은 궤적을 그리며 흩어졌다.

"소문이 사실이었다니."

젠트라 오마르의 온몸이 떨려 왔다.

무신론자인 젠트라가 보기에도 오라클 남작의 모습은 심상치 않았던 까닭이다.

진정한 세상의 구원자.

[심연 같은 어둠 속에서 구원자가 나타나 악신을 물리칠 것이다.]

그는 유명한 성서의 구절을 떠올렸다.

꽈직!

퍼어억!

사방으로 뇌수가 튀었다.

아론의 검이 조금씩 무뎌지기 시작했다.

성기사의 검 내구도가 2까지 내려갔기에 거의 몽둥이나 다름없었다.

그럼에도 무기는 바꿀 수 없다.

매직 아이템에 달려 있는 추가 옵션 때문이다.

아론은 한 시간 이상 성문을 굳건하게 막아 냈다.

덕분에 바란테 요새는 고블린 군단에 점령되지 않고 있었지만, 체력이 문제였다.

'정말 뒈지겠다.'

기계적으로 검을 휘둘렀다.

고블린이 녹슨 검을 들이대면 방패를 휘둘러 목을 꺾어 버렸다.

놈들의 전투력이 강한 편은 아니라 아직 치명상을 입지 않았지만 지속적으로 생채기가 났다.

자잘한 대미지가 쌓이다 보니 움직임 역시 둔화되었다.

그때마다 아론은 '자힐'을 쓰며 버텼다.

슬슬 신성력이 바닥을 드러냈다.

[03:14:23]

침공 종료까지 남은 시간은 절망적이었다.

'버틸 수 있나?'

아론이 여기서 빠지면 어찌 될지는 뻔했다.

기사들은 번갈아 가며 아론의 좌우를 보좌했다.

그때마다 아론에게도 쉴 것을 권유했지만 그럴 수가 없는 상황이었다.

그는 이것만이 유일한 공략이라는 사실을 알았다.

'버티지 못하면 끝이다. 내가 빠지면 곧바로 엄청난 사상자가 발생할 거야.'

아론은 이를 악물었다.

만사를 포기할 것이라면 검을 놓아도 된다. 하지만 끝까지 살아남는 것이 목표라면 어떤 일이 있어도 여기서 검을 놓을 수 없었다.

툭.

"으읍!"

쿵!

목이 뜨끔한 느낌과 함께 아론의 자세가 갑자기 무너졌다.

갑옷의 틈으로 독침이 파고들면서 온몸에 마비가 왔던 것이다.

전체적인 독침 공격은 멋었지만, 고블린들은 아론의 괴물 같은 모습을 마주하고 본능적으로 독침을 쐈다.

그때마다 갑옷이 막아 주었지만, 그 틈을 파고들면 제아무리 아론이라고 해도 어쩔 수 없었다.

이번에는 좀 치명적이었다.

마비 독이 머리까지 치밀면서 몸이 부르르 떨렸다.

자작도 마비 독에 맞아 죽었다던가. 어쩌다 그리됐는지 충분히 이해할 수 있었다.

짓썹은 입술에서 피가 줄줄 흘렀다.

'고작 여기서?'

챕터 2를 클리어하게 되면 새로운 시스템이 열린다.

좀 더 빠르게 영지를 발전시키는 것이 가능해질 터인데 여기서 죽으면 매우 억울할 것이다.

온몸이 마비 독에 침식되었다.

[몸이 완전히 굳기까지 3초 남았습니다.]

시간이 너무 없었다.

아론의 눈동자가 떨렸다.

손발이 다 굳어 갈 즈음.

[오라클 영지에 성기사가 출현했습니다.]

[디버프가 해제됩니다.]

"⋯⋯!"

급작스럽게 몸이 풀린 아론은 방금 전에 마비 독을 날린 고블린의 머리통을 깨부숴 주었다.

"주군! 혼자 재미 보십니까?"

"말도르 경! 도대체 그게 뭔가?"

"모르겠습니다! 갑자기 신성력이 생기더니, 그 힘이 아군에 미치는 것 같습니다."

"성기사가 된 것이군."

"주군께서 인도해 주신 덕분이죠!"

말도르가 아론의 곁에 서자 시너지가 발휘됐다.

신성한 오라 효과로 저절로 HP가 차오름과 동시에 마비 독에 맞으면 말도르가 해제시켰다.

게다가 성기사가 되더니 전투력도 강화된 것 같았다.

'이 성질 더러운 기사가 성기사로 각성하다니. 당최 시스템을 이해하지 못하겠단 말이야.'

퍼억! 퍼억!

"끼에엑!"

"캬아아악!"

얼마나 시간이 흘렀을까.

팔에 감각이 사라졌다.

가뜩이나 내구도가 별로 남아 있지 않았던 아론의 검은

이제 쇠몽둥이나 다름없었다.

　방패로 찍고 장검으로 고블린을 후려쳤다.

　[00:05:12]

　"후욱! 후욱!"

　아론이 쓰러지려 하자 레미나 경이 등을 받쳐 주었다.

　"괜찮으세요?"

　"그럴 시간에 한 마리라도 더 베어라."

　"네!"

　비가 잦아들고 있었다.

　챕터 2가 종료될 조짐을 보였다.

　한순간 피비린내가 훅 치밀고 올라왔다.

　도대체 얼마나 많은 사상자가 발생했는지 알 수 없었다.

　아론의 앞에는 고블린의 시체로 바리케이드까지 생긴 상태였다.

　'그럼에도 살아남았다.'

　곧 웨이브가 끝난다.

　어마어마한 몬스터 군단이 쳐들어온 것이었기에 지금까지 참전했던 모든 징집병들이 승급을 앞두고 있었다.

　죽은 자는 있어도 최하급 병사는 없다.

　한 번의 전투로 전 병력이 상향평준화된 것이다.

아론의 군대는 경험치 던전에서 구른 짬밥이라도 있지만, 자작군은 최하급 병사들뿐이었다.

자작군의 가치가 좀 더 높아졌다는 뜻도 된다.

마침내,

[챕터 2를 클리어했습니다.]
[레벨이 올랐습니다!]
[30p를 보상으로 받았습니다.]
[은급 랜덤박스를 보상으로 받았습니다.]
[최하급 금광이 오픈되었습니다.]

파아앙!

클리어와 동시에 신성 보호막이 사방으로 영토를 확장했다.

지금껏 미친 듯이 달려들었던 고블린들이 공격을 멈추며 도주했다.

"이, 이겼다!"

"와아아아!"

모든 병사들이 시체 위에서 환호성을 내질렀다.

도저히 불가능할 것 같았던 전투에서 승리한 것이다.

털썩.

동시에 전부 지쳐 쓰러졌다.

아론도 마찬가지였다.

고블린의 시신 위였지만, 그런 것을 따질 때가 아니었다.

기사도, 병사도, 징집병도 한데 뒤엉켜 숨을 헐떡거렸다.

'드디어 금광이 오픈되었군.'

매일 식량으로 굶어 죽을 뻔한 위기를 넘겨 왔었다.

드디어 이 부분이 완화될 조짐을 보이는 것이다.

제2장
선택의 시간

온몸에서 느껴지던 극심한 고통이 가라앉았다.

전투 중 힐을 사용하는 것과 그렇지 않은 것의 차이는 극명하다.

스킬의 도움이 아니었다면 결코 버틸 수 없었다.

아론은 탈진에서 벗어나 정신을 차렸다.

승리했다는 기쁨도 잠시, 주변을 둘러보니 죽어 나간 시신이 즐비했다.

찰싹!

검붉은 피와 녹색의 피가 뒤섞여 골을 타고 흘렀다.

요새의 상태도 심각했다.

복원이 불가능할 정도로 망가져 보수하는 것보다 새로 짓는 것이 낫겠다는 생각마저 들었다.

대부분의 병사들이 탈진한 가운데 체력 좋은 기사들이 먼저 정신을 차렸다.

"기사들은 피해 상황부터 집계하라."

"예, 주군!"

다들 힘은 없었지만, 눈빛만큼은 살아 있었다.

이번에도 기어이 막았다.

죽음만이 가득했던 순간을 여러 책략과 불굴의 정신으로 극복해 냈던 것이다.

"영주님!"

"세이라."

전투 중에도 동분서주했던 영지 유일의 신관이었다.

세이라가 독침이 빗발치는 가운데 용기를 잃지 않고 병사들을 치료했기에 이 정도라도 살았다.

그녀가 없었다면 피해가 얼마나 누적됐을지 상상만 해도 끔찍했다.

"괜찮으세요?"

"고생 많았다."

"아니에요. 영주님 덕분에 살아남을 수 있었어요!"

"……."

그녀의 눈에서 눈물이 떨어졌다.

아론은 새삼스럽지만 주변을 둘러봤다.

하나둘 정신을 차리기 시작한 병사들의 얼굴에 기이한

감정이 꿈틀거렸다.

'이것을 위한 인성질이었다.'

열심히 떡밥을 뿌렸다면 회수를 해야 한다.

"모두 들어라!"

"예, 영주님!"

아론의 목소리에 반응한 것은 비단 오라클 영지군만이 아니었다.

자작군도 어깨를 나란히 하고 싸웠으며, 신성 군주의 행동에 깊은 감명을 받았다.

자작의 충실한 수하였던 젠트라 단장의 눈마저 반쯤 맛이 가 있을 정도이니, '연기'가 잘 먹힌 모양이다.

"우리가 살아남았다는 것은 베일리께서 역사하셨다는 증거다. 그분의 인도가 아니었다면 우리는 멸망했을 것이다."

모두가 아론의 말을 긍정했다.

그는 슬쩍 젠트라를 바라봤다.

자작이 죽은 상태에서 자작군 내에서 가장 영향력이 있는 사람이 바로 젠트라 오마르였다.

'먹혔군.'

아론이 죽기를 바랐을 젠트라조차 고개를 끄덕이고 있었다.

양측에 어색한 분위기가 흘렀지만, 함께 목숨을 걸고 전투했다는 유대감은 사라지는 것이 아니었다.

경계심과 유대감이 동시에 요새를 휘감았다.

"순교한 전우는 언젠가 제군들이 죽게 된다면 만날 수 있다. 그러니 슬퍼할 필요 없다."

아론은 이 자리에서 '천국론'을 설파했다.

"오히려 제군들이 이생에서 쌓을 성급이 높을 것이므로 천국에 간 자들을 만나게 되면 마음껏 자랑하도록."

울고 웃으며 죽어 간 자들을 추모했다.

아론은 병사들을 잠시 쉬게 한 후 사망자부터 집계했다.

약식으로나마 장례식을 하고자 하는 명분이었지만, 정확한 사망자를 집계해야만 다음 침공도 대비할 수 있었기 때문이다.

[719:03:32]

한 달 남짓의 시간이 주어졌다.

넉넉하게 시간이 생겼다고 말할 수도 있지만, 그만큼 챕터 3의 난이도가 높다는 의미였다.

벌써부터 압박감이 느껴졌다.

그러나 클리어가 불가능할 것이라는 생각은 들지 않았다.

자작군을 온전하게 흡수하고 방비한다면 어떻게든 버틸

수 있을 것이다.

병사들이 움직이자 사상자가 집계되었다.

마이어 경이 조용히 보고해 왔다.

"자작군은 400명 정도가 전사하거나 중상을 입었습니다. 대략 정예 병력 100명과 징집병 100명 정도가 남았군요."

"기사급은?"

"젠트라 단장과 에리아 경, 단둘입니다."

"여기사가 살아남았나?"

"대단한 여자입니다. 파이온 영지면 오라클 영지보다 편견이 심했을 텐데, 이만큼 실력을 쌓다니요."

에리아 미리엄.

게임 내에서는 냉혹한 마녀로 불리며, 몇 가지 마법계 버프를 사용한 마검사로 유명했다.

하지만 그보다 중요한 능력은 '정보력'이었다.

아직은 초반이라 정보의 중요성이 떨어지지만, 중반으로 넘어가면 영지 운영을 비롯한 대외 정보를 취합해 정책에 반영해야 했다.

이는 선택이 아닌 필수적인 일.

자작 가문 기사 중 누가 살아남을지 내심 기대가 되었는데, 에리아 미리엄이 살았다니 다행이었다.

그녀는 피를 뒤집어쓰고 있어 자세한 부상을 확인할 수

없었지만, 생명에는 큰 지장이 없어 보였다.

'잭팟이다.'

디펜스 워는 자원의 확보도 중요했지만, 그보다 중요한
것이 바로 인재다.

적재적소에 인재를 배치해야만 영지를 효과적으로 운영
할 수 있었다.

아론이 생각에 잠겨 있는 사이, 시신이 모두 정리되었다.

장례식은 세이라가 주관했다.

자작군에 비해 아군의 피해는 생각보다 적었다.

총 300의 병력 중 50명이 사망하였으니, 챕터 2를 클리
어하고 나서야 병력이 흑자(?)로 전환한 것이다.

자작군을 모두 흡수하면 총 450명에 달하는 군대가 탄생
한다.

자작령에서 50명만 징집하면 500명을 채울 수 있을 것
이다.

기사 전력이 매우 부족했지만 이 역시 시간이 있으면 해
결될 일이었다.

다음 챕터까지 병력을 열심히 육성해 기사단 최소한의
숫자인 10명을 채울 것이다.

"영주님?"

"허험."

몇 가지 절차가 끝나고 아론이 앞으로 나와 축도했다.

"자애의 여신 베일리여, 최선을 다해 당신의 뜻을 받들어 순교한 자들을 축복하소서. 그들에게 천국의 상급을 내려 주시길 간청하나이다."

아론은 시간이 날 때마다 천국의 상급을 강조했다.

악과 적의만 가득한 세상에서 생존하려면 신의 말씀을 팔아먹는 것만이 유일한 방법이었으니까.

전후 처리가 끝나 간다.

사망자들을 화장하고 고블린의 시체도 대충 모아서 태웠다.

이는 전염병을 막기 위한 조치였다.

안타깝지만 바란테 요새는 버려야 할 것 같았다.

마물의 피가 짙게 밴 것은 물론, 여기저기 파괴되어 회생이 불가능했다.

근처 농지도 마찬가지였다.

인구에 비해 영토가 크게 증가할 것이 틀림없었기에 굳이 마물의 피로 오염된 땅에 농사를 지을 필요는 없었다.

1년 정도 지나면 회복할 것이니, 벌써부터 인력을 낭비할 필요가 없기도 했고.

지금부터는 민감한 문제를 처리해야 한다.

아론은 병사들에게 휴식 명령을 내린 후 양측의 기사들을 불러 모았다.

묘하게 흐르는 긴장감.

에리아 미리엄은 아무런 표정이 없었지만, 젠트라는 아니었다.

자작이 죽고 자작군도 회복 불능의 타격을 입었으니 심경이 꽤나 복잡했다.

"젠트라 경에게 묻겠다."

"하명하십시오."

"오라클 영지군이 파이온 본령을 편입한다면 어쩔 것인가?"

"본 영지를 점령하겠다는 말씀입니까!?"

"정확하게 말하면 여신께서 내려 주신 땅을 편입하겠다는 것이다."

"여신께서 내려 주신 땅이라면."

"신성 보호막이 퍼져 나간 땅까지다."

"……."

젠트라는 입술을 짓씹었다.

'생각 같아서는 오라클 영지 기사단에서 종군하고 싶다. 하지만.'

"본령에는 소영주님께서 계십니다."

"소영주를 죽이겠다는 뜻이 아니다. 원한다면 본령 밖의 영토를 지배해도 좋다."

"진심이십니까?"

"나는 여신의 사도이자 대리자이지 살인마가 아니다. 허나 파이온 자작이 본 영지를 집어삼키려 했다는 의도는 명명백백하니, 보복 차원이라 생각해도 좋다."

"지휘권은 반납하십니까?"

"조건부 반납이다."

"조건부 반납이라 하시면?"

"본 영지에 남고 싶은 자는 남는다. 단, 떠나겠다는 자를 붙잡지는 않겠다. 선택 이후 지휘권을 경에게 반납하지."

"매우 관대한 처분이시군요."

법과 질서가 살아 있는 사회에서는 아론이 파이온 자작령 전체를 집어삼킨다고 해도 문제가 없는 일이었다.

먼저 적의를 드러낸 것은 저쪽이니까.

하지만 아론은 이미지를 매우 중요하게 생각했다.

자애의 여신을 모시는 사도이기에 관대할 필요가 있었다.

물론,

'보호막 밖에서 생존하기는 힘들지.'

파이온 자작령 전체를 편입시킬 수 있다고 해도 그러지 않았을 것이다.

본령을 제외한 마을과 요새는 3차 침공에 무너진다.

가지고 있는 땅을 지키기도 버거운데, 무리하게 욕심을 낼 필요는 없었다.

젠트라 경은 한숨을 푹 내쉬었다.

"자비로운 처사에 감사드립니다."

"경은 어떤가. 계속 파이온 자작가에 충성을 다할 것인가."

"그것이 기사의 맹세 아니겠습니까."

"에리아 경은?"

"……제게 물으시는 건가요?"

"맞다."

"선택권이 있는지요?"

"원한다면 오라클 가문 기사로 임명하겠다."

"생각할 시간이 필요합니다."

"그러도록."

아론은 지금까지의 내용을 자작가 병사들에게 공표했다.

선택의 시간이 온 것이다.

임시 치료소.

전후 처리는 끝났지만 바로 길을 떠날 수는 없었다.

사망자를 태웠다고 해서 부상자를 내버려 둘 수는 없기 때문이었다.

결국 아론은 이번에도 팔을 걷어붙였다.

자작 가문 기사들과 병사들에게는 선택권을 준 상태였다.

저녁까지 생각하고 결정을 내리라고 했으니, 치료에 전념할 수 있었다.

피비린내가 진동하는 막사 안.

처음에는 위생 개념도 없이 수술하는 것에 큰 거부감이 있었지만, 이 짓도 몇 번 하다 보니 익숙해졌다.

병원만큼 완벽할 수는 없어도 최소한 상처를 소독하고 붕대와 수술 도구는 물에 끓여 소독하게 했다.

가벼운 부상자들은 치료가 어렵지 않았다.

문제는 중상자였다.

"팔을 잘라야 한다."

"……잘라 주십시오."

"괜찮겠나."

"다리가 잘려 걷지 못하는 전우도 있습니다. 이만하면 양호하다고 생각합니다."

"이걸 물어라."

아론은 가능하면 빠르게 절단 수술을 했다.

중상을 입은 병사가 나뭇가지를 입에 무는 순간.

서걱!

"으읍!"

예리한 검으로 빠르게 자른 후 절단면을 지졌다.

그 후에는 소독하고 치유 마법을 쓴 후 붕대로 감았다.

이런 치료(?)가 반복되다 보니 여기저기 팔다리가 굴러

다녔다.

"영주님! 잠시 쉬세요."

"그대는?"

"베카라고 해요. 부상자를 치료하기 위해 자원했어요."

은은한 신성력이 감돌고 있는 여자였다.

붉은 머리칼에 얼굴에는 주근깨가 가득했다.

처음 듣는 이름이었으니 네임드는 아니다.

'성기사가 출현했는데, 사제가 나오지 않으리라는 법은 없지.'

아론은 문명의 방향을 신앙으로 정했다.

종교를 강조한 이유 중 하나가 여기에 있었다.

성기사와 사제의 출현 확률이 3배나 올라간다는 것이다.

신성력의 사용 효율이 대폭 상승해 초반에 버티기 좋다는 점도 물론 괜찮았지만, 저절로 성기사와 사제가 각성한다는 것은 '신앙'을 선택한 최고의 효과였다.

"알겠다."

아론은 굳이 고집을 피우지 않았다.

안 그래도 신성력이 간당간당하던 참이다.

밖으로 나오자 칼슨 경이 호들갑을 떨며 달려왔다.

"주군! 정말 저대로 두실 겁니까!?"

"자세히 말해라."

"자작군을 모조리 흡수할 수 있는 기회입니다!"

"굳이 떠나겠다는 사람을 잡을 필요 있나."

"지금 같은 시기에는 그렇지요."

"걱정할 것 없다. 어차피 돌아오게 되어 있어. 한 달 후에 웨이브가 또 일어난다."

"······!"

"당장 죽을 위협이 닥치면 어쩔 수 없이 돌아와야지. 허나 그때에는 죄인의 신분으로 오게 될 것이다."

"노예를 확보하는 것이군요!"

"어허, 노예라니. 우리 영지에 노예는 없다. 임시로 신분이 강등되는 것뿐이지."

'실질적으로는 광산 노예가 되는 것일 테지만.'

완전히 망가진 바란테 요새.

오라클 남작에게 구원을 받은 자작군 병사들은 휴식을 취하면서도 마음이 편치 않았다.

남작의 요구에 따라 선택을 강요받았기 때문이다.

곧 병사들은 자작령에 남든지, 오라클 영지 소속이 되든지 양자택일해야 한다.

그럼에도 생각보다 많은 사람들이 남작가로 돌아서고 있었다.

"신성 보호막은 여신께서 지켜 주신다는 가장 강력한 증거지. 살아남으려면 무조건 오라클 영지 소속이 되어야 하지 않겠나?"

"맞는 말이야. 어차피 남작군이 본령을 점령할 테니 이사 갈 필요도 없고."

"하……. 나는 스톤 마을이 고향이라 이적은 하지 못할 것 같군."

웅성웅성.

'나에게도 선택권이 있다니.'

고민에 빠진 것은 에리아 미리엄도 마찬가지였다.

설마 오라클 남작이 그녀에게 선택권을 주리라는 생각은 하지 못했다.

남작이 권유를 한 순간부터 반쯤은 마음이 기울었다.

'신성 군주가 다스리는 땅에서는 꿈을 펼칠 수 있을 거야.'

이 시대 여성 인권이 상당하다고 한들, 여기사가 된다는 것은 쉬운 일이 아니었다.

부족한 완력을 실력으로 극복하기 위해 매일 수련을 쌓았으며, 공을 세우려 목숨을 걸어 왔다.

하지만 타고난 성별이 어디 가는 것은 아닌지라 여기저기서 추파가 이어졌다.

영주의 치근거림을 쳐 낸 순간부터는 주요 임무에서 제외되기까지 했다.

아름다운 여기사에 대한 환상을 가진 인간도 많았다.

소영주까지 어떻게든 해 보기 위해 계략을 짰으니 용병이 되는 것이 낫겠다는 생각까지 했었다.

정말 그만두려 하자 자작이 잡는 바람에 기사로 남았으나, 살아남기 위해서는 보호막을 쳐야만 했다.

에리아는 고슴도치가 왜 가시를 세우는지 이해하게 됐다.

차갑고 단호한 모습으로 가시를 두르자 추파는 대부분 사라졌지만, 역시 여기사가 살아남는 것은 쉬운 일이 아니었다.

그리고 오늘, 드디어 기회가 왔다.

그녀는 오라클 영지의 여기사가 어떤 대우를 받는지 생각해 봤다.

'레미나 경은 뛰어난 기사임과 동시에 가신이라고 들었다. 행정관까지 겸한다고 했다.'

에리아 미리엄이 생각하는 신성 군주의 이미지는 고결함 그 자체였다.

여신의 사도라면 여기사에게 추근대는 짓 따위는 하지 않을 거란 믿음과 군주가 여기사를 그저 기사로 본다는 것 하나만으로도 이적할 이유는 충분했다.

자작이 사망함으로써 그녀의 봉신 계약은 풀린 상태였다.

소영주에게 다시 충성을 맹세하는 것이 일반적이지만,

모시던 주군이 사망하면 영지를 떠나 자유 기사가 되는 경우도 많았다.

그녀는 결심이 서자 레미나 프레일을 찾았다.

"레미나 경?"

"무슨 일이신지?"

레미나는 영주의 명령을 받아 바쁘게 일하는 중이었다.

정확한 전력을 파악하고 식량을 배분하는 등 행정관으로서 해야 할 일을 하는 것이다.

"바쁘지 않으시다면 질문을 드려도 될까요?"

"여기사 동료가 될지도 모르는 분인데 당연히 해도 되죠."

그들은 한적한 곳으로 이동했다.

마침 치료소에서 나온 아론 오라클의 모습이 보였다.

굉장히 지친 얼굴이었다.

군주가 직접 부상병을 돌본다는 것도 에리아에게는 꽤 큰 충격으로 다가왔다.

"남작님은 어떤 분인가요?"

"질문이 너무 광범위하군요."

"여기사로 오라클 영지에서 살아가는 것이 어떤지 묻고 싶습니다."

"당연히 어렵죠."

"과연……."

'역시 남자는 다 똑같은가?'

친절의 가면을 쓰고 다녀도 언젠가는 돌변한다.

얼마 전 죽은 파이온 자작도 친절함을 가장하여 백성들에게 꽤 인기가 있었다.

그 가면이 벗겨지자 추악한 면모를 드러낸 것이 문제였지.

군주의 고결함은 그녀에게 가장 큰 가치였다.

"표정이 왜 그래요? 설마 주군을 파렴치한으로 생각하시는 것은 아니겠죠?"

"아닌가요?"

"당연히 아니죠! 저는 여성 신체의 한계점을 말한 것뿐입니다."

레미나 프레일은 황당하다는 눈으로 그녀를 바라봤다.

신체의 한계.

이건 어떻게 극복할 수 있는 문제가 아니다.

그 대신 여기사는 일반 기사에 비해 매우 유연한 몸을 가지고 있었다.

가벼운 몸에 민첩성이 더해지면서 특유의 검술을 구사할 수 있는 것이다.

남성에 비해 노력을 몇 배나 해야 하지만, 무력은 극복 가능한 부분이다.

레미나가 말한 '한계점'이란 어쩔 수 없이 힘에서 밀린다는 뜻이었지, 그걸 군주의 고결함과 연결 짓는 것은 아니었다.

"그분은 여신의 사도입니다. 앞으로도 감히 그런 생각은 품지 말도록 해요. 오라클 가문의 기사가 되면 오직 실력으로 중용될 수 있습니다. 어쩌면 당신도 가신이 될 수 있겠죠. 그만한 능력이 있다면."

레미나는 혀를 한 번 차고는 돌아갔다.

신성 군주가 정말 고결한 자라면 가문의 기사로서 군주가 모욕을 받았다고 느낄 수도 있었다.

'내가 실수했어.'

하지만 괜찮다. 오해는 풀면 된다.

에리아의 눈으로 본 세상은 매우 야만적이었기에 사과하면 이해하고 넘어갈 것이다.

오라클 영지의 유일한 여기사인 레미나 프레일의 반응에 에리아는 거취를 결정했다.

웨이브가 끝난 즉시 떠올랐던 태양도 강렬한 빛을 뿌리며 사라지고 있었다.

하루 종일 치료소에서 시달린 아론은 겨우 모든 치료를 마칠 수 있었다.

온몸이 땀과 피에 절어 있었다.

병사들이 자발적으로 만든 오크통에서 목욕을 마치자 조

금 살 것 같았다.

깨끗한 옷으로 갈아입은 그에게 칼슨 경이 달려왔다.

"주군! 양측 병사들과 기사들이 모두 모였습니다."

"가지."

바란테 요새 광장.

한때 병사들의 연무장으로 쓰였던 대리석 바닥은 핏물이 짙게 배어 빠지지 않았다.

곳곳이 부서졌으며, 그 사이로 잡초가 무성하게 자랐다.

옛 연무장에 양측 인원이 모두 모였다.

아론은 자작가 병사들에게 말했다.

"선택의 시간이다. 오라클 가문에 속하고자 하는 병사는 좌측으로, 자작가에 남겠다는 병사는 우측으로 서면 된다."

웅성웅성.

병사들은 쉽게 움직이지 못했다.

무려 가문을 바꾸는 일이었다.

그러니 결정을 내렸다고 한들, 발걸음이 떨어지지 않는 것은 당연했다.

그때 젠트라가 나섰다.

"눈치 볼 필요 없다. 신념에 따라갈 뿐. 본관은 가문 자체가 파이온 가문에 귀속되어 있어 움직이지 못하는 것뿐이다."

"……!"

젠트라 단장의 말이 결정적이었다.

그의 말은 많은 의미를 내포하고 있었다.

본인에게 선택권이 있었다면, 남작 가문으로 이적했을 거라는 뉘앙스였다.

용기를 얻어 하나둘 선택을 내렸다.

아군에 편입된 병력은 150명이었으며, 나머지 50명은 자작 가문에 남았다.

이 구성은 고향에 따라 나눴다고 봐도 무방했다.

본령에 가족이 있는 자들은 당연히 남작 가문으로 왔다.

그 이외의 지역이 고향인 자들이 문제였는데, 한참을 고민하다 자작가에 남기로 한 것이다.

아론의 입장에서는 상관없는 일이다.

'광산에서 일할 인부가 많아지면 나쁠 것 없지.'

오히려 더 많은 사람들이 자작 가문에 남았으면 했다.

그래야 추후 많은 광산 인부를 확보할 수 있을 테니까.

마지막으로 에리아 경이 남았다.

그녀는 선택지로 향하는 대신 아론에게 다가왔다.

무표정한 얼굴과 차가운 이미지까지.

그에 비해 화려한 백금발과 백옥 같은 피부가 아름다운 얼굴과 잘 어울렸다.

귀만 뾰족했으면 엘프라고 봐도 무방할 정도였다.

네임드였기에 제작사(?)에서 심혈을 기울인 티가 났다.

쿵!

그 아름다움과 달리 행동은 거침이 없었다.

그녀는 무릎을 꿇고 머리를 바닥에 박았다.

파편이 사방으로 튀었다.

'저 예쁜 얼굴에 스크래치가 나겠군.'

아론이 혀를 찰 정도였다.

"기사, 에리아 미리엄, 오라클 남작님께 충성을 바치고자 합니다. 제 충심을 받아 주신다면 이 하찮은 목숨은 당신의 것입니다."

기사의 맹세였다.

보기 드문 이벤트가 아닌가.

'레미나 경과 대화를 나누더니, 나에 대해 조사를 하고 있었던 거로군.'

아론은 속으로 웃었다.

신성 군주가 가진 이점 중 하나다.

이 세상은 특성상 성비가 몹시 불균형했다.

청년층이 아주 빈약해 소년까지 밥 먹듯이 징집해 써야 할 정도였다.

인재에는 남녀가 따로 없었으니, 여성 인력을 발굴해 배치하는 것도 중요했다.

보통 세속 군주가 가지고 있는 이미지는 배불뚝이에 음

흉함 가득한 귀족이라 여성 인재를 등용하기 힘들다.

하지만 신성 군주는 달랐다.

은은한 성력과 베일리의 사도라는 이미지는 매우 깨끗하고 고결했다.

여성 인재의 경계심을 푸는데 제격이라는 뜻이다.

"경의 충성을 받아들인다."

쿵!

에리아는 다시 머리를 바닥에 박았다.

아론은 세리아를 불러 그녀를 치료하게 했다.

양측 병사들이 선택을 마쳤으며, 오라클 가문에 유능한 기사 한 명이 더해졌다.

미래의 마검사.

뛰어난 정보력까지 갖추고 있었으니, 그녀가 아론의 휘하가 된 것은 굉장히 큰 수확이었다.

바란테 요새에 임시 막사가 펼쳐졌다.

마음 같아서는 당장 진군하고 싶었지만, 사람들에게는 휴식이 필요했다.

지치기는 아론도 마찬가지였다.

탈진해 쓰러질 정도로 검을 휘두르고 전투가 끝나자 신성력을 쥐어짰다.

당장이라도 쓰러져 자고 싶은 심정이었다.

"자기 전에 보따리는 풀어야지."

기대하던 시간이 왔다.

먼저 스탯 관련이다.

아론 오라클 LV.8

직업: 신성 군주-베일리의 사도.

스킬: 신성의 오라 LV.3 힐 LV.3 신성의 방패 LV.2 스트롱 LV.1

스탯: 체력(8+1) 정신(5) 힘(13+5) 민첩(5) 지혜(3) 신성력(1+2)

상점 포인트: 10

레벨 업을 하고 얻은 스탯은 체력에 투자했다.

초기에 형성된 아론의 재능은 힘이었다.

하지만 이번에 장시간 전투를 하며 느낀 것은, 체력이 고갈되어 죽을 수도 있다는 사실이었다.

체력은 단순한 HP가 아니다.

지구력과도 관련이 있었으므로 오랜 시간 버티기 위해 체력에도 투자를 해 주어야 한다.

스킬 포인트는 신성의 오라에 투자했다.

신성의 오라 LV.3

사방 100m 내에 신성의 오라가 발현.

HP 회복률 +3

언데드에 대한 대미지 +3

스킬 포인트를 어떻게 써야 할지는 고민이 많았다.

어느 스킬 하나 전투에 도움이 되지 않는 것이 없었기 때문이다.

결국 메인 스킬을 올리기로 결정한 것은 레벨 3에 신성 오라가 100m까지 확장됐다는 이유가 가장 컸다.

아론의 무력은 꾸준히 신경 쓰겠으나 전쟁을 혼자 할 수 없는 노릇 아닌가.

메인 스킬을 올리다 보면 다른 효과도 생길 것이니, 다음 챕터에 무리가 없는 선에서 꾸준히 찍어 주어야 한다.

상점 포인트로는 버프 스킬을 구매한다.

30포인트 수준이면 구매할 수 있는 스킬이 몇 종류는 늘어났지만, 아론은 힘에 관련된 효율이 좋았으므로 버프 역시 힘 계열로 선택했다.

스트롱 LV.1

3분간 힘 두 배 증가.

이 부분은 고민할 필요가 없었다.

짧은 시간이지만 힘이 두 배로 증가한다는 것은 투자 대비 효율이 매우 뛰어났다.

위급한 순간이 온다면 구명줄이 되어 줄 것이다.

이제 마지막으로, 은급 상자를 풀어야 한다.

확률적으로 아이템으로 튀어나오는 가챠 박스다.

여기서 무엇을 얻느냐에 따라 다음 챕터의 난이도가 바뀔 수 있을 정도로 중요한 순간이었다.

물론 기대는 금물이다.

디펜스 워는 키보드를 부수며 클리어하라고 만든 게임이었으니까.

퍼어엉!

"음?"

은급 상자에서 황금빛이 터졌다.

레어 아이템이 나온다는 징조였다.

제3장
영토 확장

[깃털 부츠를 획득했습니다.]
[밀 1,000kg을 획득했습니다.]

"호오."
이번에는 운이 좋았다.
기대를 하지 않으면 좋은 보상을 받을 때 기쁨이 더 크다.
고작해야 매직 장비 하나와 묵은 밀이 나올 것이라 예상했지만, 이번에는 보상이 풍족했다.
밀 1톤이면 나쁘지 않다.
인구가 늘어날 것이기에 간에 기별도 가지 않겠지만 이게 어딘가 싶었다.

무엇보다 기쁜 것은 매직이 아닌 레어 아이템.
아론은 두근거리는 심장을 누르며 감정했다.

깃털 부츠

등급: 레어
물리 방어력: 10
마법 방어력: 10
내구도: 10/15

추가 옵션

점프력 +30%
민첩+1

하피의 깃털을 뽑아 만든 부츠.
-어느 용병의 유품-

"……."
아론은 운에 기대는 편이 아니었지만 이건 좀 심했다.
점프력 증가?
도대체 이걸 어디에 써먹으라는 뜻인가.

단순히 멀리 뛸 수 있는 장비였다.

문제는 점프를 하여 착지할 때의 충격도 30% 가산된다는 점이다.

자주 사용하다 보면 관절에 무리가 갈 것은 뻔한 일이다.

깨알 같은 옵션으로 민첩 증가가 붙었지만, 차라리 옵션 좋은 매직 아이템이 더 쓸모 있을 것 같았다.

"개똥망 게임!"

아론은 주먹만 꽉 쥐고 부들부들 떨었다.

눈앞에 키보드가 있었다면 때려 부수고도 남았을 것이다.

레어 아이템이라고 좋아했더니 옵션이 매직 아이템보다 못했다.

"후우."

진정해야 한다.

벌써부터 혈압을 높일 필요는 없다.

"잠이나 자야지. 역시 가챠는 내 스타일이 아니야."

아론은 다음 날 해가 뜨자마자 진군을 서둘렀다.

지금쯤 고블린 대군이 퇴각하며 파이온 본령이 공격받고 있을지도 몰랐다.

신성 보호막 안으로는 몬스터가 침입할 수 없지만, 이미 존재했던 몬스터들은 어찌할 수 없다는 것이 시스템의 룰이다.

어떤 영지든 본령에 인구 50% 이상이 몰려 있었다.

자작령 규모로 보면 최소 수천은 남아 있을 것이다.

본령을 점령하는 것보다 쉽게 인구를 늘릴 수 있는 방법은 없었다.

아론의 생각은 병사들에게도 전파되었다.

누구도 쉴 생각을 하지 않았다.

아론의 엉덩이는 부서지기 직전이었지만, 최대한 태연한 얼굴로 전 병력을 이끌었다.

슬슬 무더위가 물러가는 늦여름.

'자작령 흡수가 마무리되는 즉시 파종을 해야겠어.'

남아 있는 한 달의 시간을 알차게 사용해야 한다.

어떻게든 부족한 병력을 채우고 겨울을 버틸 수 있는 식량을 구해야 한다.

파종을 해도 겨울에 수확할 수 있는 것은 아니다.

4월은 되어야 수확했기에 부지런히 금광을 돌려 식량을 마련해야 한다.

그래도 부족하면 금 모으기 운동을 한 번 더 전개해야 할 것 같았다.

문제는 식량만이 아니었다.

홍수가 날 정도로 비가 많이 내렸으니, 여기저기 복원해야 할 시설물이 산더미였다.

전염병이 돌지 않은 것만 해도 천만다행이다.

생각을 하다 보니 문제가 끝도 없었다.

아론이 한창 생각에 매진하고 있을 때였다.

"너희들이 그러고도 영지의 병사들인가!"

"우리는 선택을 했습니다. 가넬 경이 무슨 권리로 이러시는 겁니까?"

"당장 돌아와라! 아직 늦지 않았다!"

"싫습니다!"

"이 새끼가!"

파이온 자작 가문 쪽에서 소란이 일어났다.

아론은 고개를 갸웃거렸다.

아군으로 이적한 병사들은 분명 가넬이라는 자에게 '경'의 호칭을 썼다.

기사가 남아 있다는 것도 이상한 일이지만, 감히 군주가 있는 이 자리에서 소요 사태를 일으킨다는 것은 용납되지 않았다.

'이런 문제는 에리아 전문이지.'

오히려 잘됐다 싶었다.

간단하게 에리아 경을 테스트할 수 있는 기회였다.

"에리아 경."

"예, 주군."

에리아는 명령을 받은 즉시 아론과 말 머리를 나란히 했다.

"뒤에서 무슨 일이 있는지 알아보도록."

"예."

에리아가 돌아온 것은 채 10분이 지나지 않아서였다.

'빠르군.'

"보고 드립니다. 파이온 가문의 수련 기사 가넬이 이적한 병사들에게 불만을 품고 폭력을 휘둘렀습니다. 얼굴을 가격당한 병사는 십인장 바론으로, 가벼운 경상을 입었습니다. 지금도 가넬은 아군을 이간질하고 있는 중입니다."

"간이 배 밖으로 나왔군?"

"주군께서 가지신 이미지를 시험하는 것 아닌가 합니다."

"이미지라."

"베일리의 사도이시니까요."

한마디로 사람을 우습게 봤다는 뜻이다.

보고를 받은 아론은 어처구니가 없었다.

신의 사도이기에 일 처리를 물렁하게 할 것이다?

세상에 그런 군주는 존재하지 않는다.

군주가 위엄을 보이지 못하면 지배력이 떨어지는 법이다.

아론이 군주치고 유연하게 통치하는 것은 맞지만, 이런 사태를 방치하면 내부에서부터 썩어들어 간다.

'차라리 잘됐군.'

미래를 위해서라도 단호함을 보일 필요가 있었다.

아론이 보일 행동은 병사들에게 충분한 반면교사가 될 터였다.

가넬을 베는 것?

고작 그런 일에 거리낌은 없다.

"진군을 멈춘다."

전군이 행군을 멈추자 병사들은 무슨 일 때문인지 직감했다.

가넬은 어제부터 이적한 자들을 질타해 왔다.

어떻게든 병력을 다시 빼내기 위해 병사들을 이간질했던 것이다.

그걸 두고 보고 있으면 군주가 아니다.

이적한 병사들 역시 아론의 처결을 보고 성향을 판단할 터였다.

좌악!

아론은 소요 사태가 일어나고 있는 방향으로 걸었다.

병사들이 갈라지며 길을 열었다.

"……."

아론은 고래고래 소리를 지르는 가넬을 볼 수 있었다.

술까지 마신 것인지 얼굴이 붉어져 이적한 병사들에게 삿대질마저 했다.

군주가 나타났음에도 그 행위는 멈추지 않았다.

"잡아 와라."

"예!"

아론의 명령에 마이어 경과 칼슨 경이 나섰다.

가넬이 제아무리 수련 기사라 한들, 산전수전 다 겪은 기사 둘을 당해 낼 순 없었다.

쿵!

그는 아론의 앞에 강제로 무릎 꿇려졌다.

"이게 무슨 짓입니까!"

"무슨 짓?"

"왜 이러시는 거냔 말입니다!"

웅성웅성.

술렁거리는 장내.

가넬은 심히 반항적인 눈으로 아론을 바라봤다.

신성 군주라면 함부로 사람을 죽이지 못하리라 여기는 것이다.

이 사태를 가볍게 넘어가면 별의별 놈들이 다 기어오를 것은 뻔한 일이었다.

"내 인내심을 시험했나."

"신성 군주께서 개입할 문제가 아닙니다. 배신한 병사들을 되돌리려는 노력일 뿐."

스르릉.

아론이 검을 뽑았다.

"……!"

가넬의 눈이 흔들렸다.

'내가 잘못 판단했나!?'

가넬은 어떻게든 오라클 남작군을 흔들어 보려 했다.

언젠가 오라클 영지와 다시 일전을 벌여야 할 것이었으므로 최대한 전력을 약화시키려는 의도도 있었다.

신성 군주의 성향을 알아보려 했던 것은 덤이다.

설마 이 정도 소란으로 신성 군주가 검을 들 것이라고는 상상도 못 했다.

"여, 여신의 사도라는 자가 사람을 함부로 죽이……."

서걱!

푸하학!

"헉!"

"허억!"

파이온 자작군과 이적 병사들은 아론의 일격에 깜짝 놀랐다.

설마 단칼에 가넬의 목을 베어 버릴 줄은 몰랐기 때문이다.

목은 바닥을 굴러 아론의 발치에 떨어졌다.

아론은 서슬 퍼런 눈으로 주변을 훑었다.

"착각하지 마라. 내가 여신의 뜻을 받든다 한들 모욕을 안겨 준 병사 따위를 죽이지 못한다고 여기면 오산이다. 지금부터 군주의 권위를 흔들려 하는 그 어떤 행동도 불허한다. 내가 무너지면 영지도 무너질 터이기에, 생존을 위협하려 한다면 그 누구라도 죽일 것이야."

소요 사태는 주동자인 가넬의 목이 떨어짐으로 종료됐다.

그 시신은 몬스터가 뜯어 먹도록 내버려 두었다.

지금껏 자비로운 모습만 보여 왔던 아론 오라클의 일격은 꽤나 충격적이었다.

그건 젠트라 오마르에게도 마찬가지였다.

'신성 군주도 군주다. 군주의 권위가 손상된다면 지배력이 떨어지니 검을 쓰는데 망설임이 없었던 것이다.'

가넬은 죽어 마땅했다.

감히 군주의 반응을 시험하기 위해 병사들을 이간질하다니.

오라클 남작이 나선 즉시 머리를 처박고 용서를 구했다면 살았을지도 모른다.

하지만 가넬은 그러지 않았다.

'오라클 남작은 야만의 시대에 어울리는 지배자다.'

여신의 사도로서 백성의 마음을 사로잡고 강력한 무력과 정신력으로 군을 다스린다.

신정 일치가 이루어진 오라클 영지는 그 어떤 외부 충격에도 흔들리지 않을 터.

"저분이 유일한 희망일지도 모른다."

"그럼 그냥 이적하시지 그럽니까?"

종자의 말에 젠트라는 고개를 흔들었다.

가문 전체가 자작가에 귀속됐다.

배신하는 즉시 소식을 들은 소영주가 그의 가족을 죽일지 몰랐다.

"이적이라. 너는 그럴 수 있느냐?"

"……."

그의 종자도 시원하게 대답하지 못했다.

귀족 가문은 바보가 아니다.

온갖 방법으로 구속당한 것은 젠트라뿐만이 아니었다.

'소영주가 죽으면 또 모르겠지만.'

바란테 요새에서 파이온 영지 본령까지는 반나절 이상이 소요되는 길이다.

여기까지 오는 동안 여러 마을을 거쳤다.

웨이브 시간이 끝나면서 도주했던 고블린들이 파도처럼 들이닥쳐 그중 몇 개의 마을은 완전한 전멸을 맞았다.

몬스터 최약체라 불리는 놈들이긴 하나, 그 규모가 수백도 아닌 천 단위가 넘어가면 강력한 군단이 된다.

고블린이 사람을 공격하는 이유가 식인 때문이었으므로

놈들이 휩쓸고 지나간 마을은 황폐하기 짝이 없었다.

군대는 파이온 본령에서 가장 가까운 마을을 통과하고 있었다.

"참혹하군요."

에리아 경이 눈살을 찌푸렸다.

그 참혹함에 얼굴이 일그러지는 것은 모두가 마찬가지였다.

목책은 무너지고 마을은 불탔다.

곳곳에 인골이 굴러다니는 것으로 봐서 마을을 휩쓸 때 모조리 먹어 치운 듯했다.

학살의 현장 속에서 오라클 가문에 종군하기로 한 병사들은 다행이라며 가슴을 쓸어내렸다.

"여신께서 보호하시는 영지의 병사가 된 것은 천운이었어."

"당연하지. 이런 재난을 인간의 힘으로 막을 수 있을 리가."

종교의 힘이 새로 병사가 된 자들에게까지 번졌다.

아직 정신 교육(?)이 부족해 광적이지는 않았지만, 곧 그리될 터이다.

아론은 뒤를 돌아봤다.

여러 마을을 거치며 구원받은 백성들의 숫자가 물경 300명이었다.

그만큼 인구가 늘어났다는 뜻이다.

사람이 많이 죽은 것은 안타까웠지만, 이런 재앙이 끊임없이 일어났으므로 모든 백성이 신의 말씀 아래 뭉칠 것이다.

어느덧 마을 광장.

거대한 뼈 무덤 앞이다.

본령 근처의 마을이었으므로 유동 인구가 꽤 많았을 것으로 짐작된다.

한곳에 무려 수백 구에 달하는 인골이 쌓여 있었으므로 고블린의 먹성을 쉬이 짐작할 수 있었다.

아론은 뼈 무덤 앞에 멈추어 잠시 묵도했다.

"베일리여, 이 땅의 백성들을 축복하시고 희생자들을 부디 천국으로 인도하소서."

은근하게 퍼지는 광휘.

함께 전투를 해 왔던 병사들에게는 익숙한 모습이었지만, '기적'을 처음 목도한 백성들은 아니었다.

그 지옥을 견뎌 내며 구출된 자들은 성호를 그으며 무릎을 꿇었다.

아론에게는 꼭 필요한 요식 행위였다.

언제나 방심하지 않고 신성 군주의 이미지를 만들어 나가는 것이 중요했다.

잠시나마 마을에 머물며 인골을 모아 화장한다.

화장이 끝날 즈음, 척후를 나갔던 칼슨 경이 달려와 보고했다.

"주군! 본령이 고블린들에게 점령되기 직전입니다!"

"……!"

큰 충격이 장내를 휩쓸었다.

본령에 가정을 두고 있는 병사들이 많아 불안감이 감돌았다.

"바로 출발한다!"

아론은 걱정스런 표정으로 진군하는 한편, 속으로는 이중적인 마음을 품었다.

'잘됐군. 전쟁을 벌여야 하나 싶었는데, 손쉽게 점령하겠어.'

파이온 영지 본령.

얼마 전, 파이온 가문은 오라클 가문을 집어삼키겠다며 모든 병력을 쥐어짰다.

총 병력 600.

이 정도 규모는 왕국이 무너지지 않았던 시절에나 볼 수 있는 대군이었다.

고작 4천의 인구를 유지하고 있는 영지에서 병사를 600명이나 쥐어짠다는 것은 필사의 각오가 아니면 불가능했다.

패배하면 가문이 무너진다.

가뜩이나 청년 인구도 감소하고 있었는데, 600명이나 되는 병력을 날리면 미래의 기둥뿌리까지 뽑히는 것이다.

그럼에도,

"아버지께서는 원정에 성공하실 거야."

소영주 그레넌 파이온은 그렇게 확신했다.

식량과 인력의 부족?

오라클 영지를 털어서 충당하면 된다.

야만의 시대다.

가면을 쓰고 살아가던 군주들이 본성을 드러냈다.

그건 현 영주 바일스 파이온 자작도 마찬가지였다.

옛 땅을 되찾는다는 명분으로 출병하여 오라클 영지를 집어삼키려 한 것이다.

자작은 야망을 이루기 위해 올인했다.

그리고 어제, 충격적인 소식이 전해졌다.

"여, 영주님께서 전사하셨습니다!"

"전사라니! 설마 오라클 남작에게?"

"아닙니다. 고블린 군단이 수천이나 침공하는 바람에……."

"말도 안 돼."

오라클 영지와의 전쟁은 시작조차 못 하고 무너졌단다.

되레 그들을 구원해 준 자들은 자신들이 침공하려 했던

오라클 남작군이었다.

아침이 되어 그레넌 파이온이 대비책을 생각하고 있을 때, 어제보다 더 충격적인 소식이 전해졌다.

"오라클 남작이 아군을 흡수한 후 진격 중입니다!"

"뭐라고!?"

"남작이 본령을 점령할 것이라고 공표했답니다."

"제깟 놈이 감히!"

그레넌 파이온은 분노에 차올랐다.

오라클 남작령은 왕국 북부 산간벽지에 처박혀 있었다.

정계로 진출하지도 못해 몰락 귀족이 되기 직전의 촌놈들인 것이다.

그런 가문이 당당하게 파이온 가문을 무너뜨리기 위해 진군한다니 기가 막혔다.

"전쟁을 준비하라!"

"……저도 그러고 싶지만 병력이 없습니다."

자작은 정말 최소한의 방어 병력만 남기고 갔다.

수비대 50에 징집병 50.

딱 100명으로 영지를 방어하라 명령했으니, 2교대 근무를 시키기에도 부족했다.

지금 상황도 충격적이지만, 그레넌은 더욱 절망스러운 상황과 마주했다.

정오가 되자 고블린 군단이 본령을 공격하기 시작했던

것이다.

그레넌이 정신을 차리자 전황이 한눈에 들어왔다.

물경 천 마리에 달하는 고블린들이 독침을 쏘며 몰려왔다.

놈들은 조악한 사다리를 걸치고 올라왔지만, 아군은 그조차 막지 못했다.

고작 백 명, 그마저도 반이 징집병인 상황에서 몬스터 군단을 막기에는 벅찼다.

"끄아아악!"

"아아아악!"

여기저기서 비명 소리가 울려 퍼졌다.

고블린 놈들은 성벽 위로 기어 올라와 복수라도 하듯 잔인하게 병사의 사지를 찢었다.

저항하는 병력이 얼마 없다는 사실을 인지한 것인지, 그 자리에서 인육을 탐하며 파티를 벌이기도 했다.

성벽 곳곳에 붉은 핏물이 흘렀다.

내장이 내걸리고 인골은 대충 던져졌다.

눈 뜨고는 볼 수 없을 정도의 참혹한 광경이 펼쳐졌다.

'도망가야 해!'

그레넌은 바로 호위 병력을 대동하고 본령을 빠져나가려 했다.

본령은 곧 무너질 것이다.

어떻게든 도망쳐 미래를 기약해야 하는 것이다.

'모든 것은 오라클 남작 때문이다!'

나약한 자들은 실패의 원인을 남에게 돌리기 마련이다.

오라클 남작에게 수작질을 한 것은 자작이었지만, 소영주는 남작 때문에 본령이 무너진다고 여겼다.

꽈직!

"성문이 파괴됐습니다!"

"본령을 버린다!"

"하오나 그리하면 백성들이……."

"내 목숨이 중요하다! 그깟 평민들의 목숨이야 어찌 돼도 상관없지 않은가!"

"……."

주변 분위기가 싸늘해졌다.

원정에 기사들까지 모두 빠져나가는 바람에 호위 병력은 전부 평민으로 구성되어 있었다.

기를 쓰고 싸우는 자들도 마찬가지였다.

소영주의 발언은 목숨 걸고 자신을 지키는 병사들의 힘을 빼놓았다.

'이딴 새끼를 지금껏 귀족이라 믿고 따랐다고?'

'가문에 망조가 들었구나!'

고블린 무리가 성문을 통해 쏟아져 들어오고 있는 그때였다.

두두두두!

지축을 울리며 중갑 기병이 출현했다.

그들은 단숨에 고블린 무리의 후방을 쪼겠다.

"워, 원군이다!"

"원군……? 그럴 리가! 저들은 오라클 남작군 아닌가!"

무시무시한 위력을 뽐내며 짓이겨 들어오는 중갑 기병들을 보며 그레넌 파이온의 얼굴이 흙빛으로 변했다.

꽈직!

아론은 잡고 있던 기병창을 놓았다.

고블린의 머리통이 박살 나며 녹색 피가 튀었다.

엄청난 돌파력을 자랑하는 기병 돌격.

속도가 붙으면 쉬이 멈출 수 없지만, 이 시대 사람들은 바보가 아니다.

중갑 기병에 깔리면 곤죽이 된다는 것을 알기에 필사적으로 피했다.

기병 돌격으로 인한 사상자는 발생하지 않았다.

"반전!"

"반전하라!"

두두두두!

기병들은 영지 광장을 중심으로 반전하여 다시 내달렸다.

엉덩이는 짓무를 것 같고 숨은 가빴다.

말에 타고 있다고 해서 체력이 소모되지 않는 것은 아니다.

전장의 열기를 그대로 견뎌야 했으며 말과 보조를 맞추느라 진땀을 흘렸다.

그 와중에 공격해야 했으니 체력과 함께 정신력 소모 역시 심했다.

'그래도 버틸 만하다.'

중갑 기병의 뒤로 400명에 달하는 보병이 쏟아져 들어왔다.

이 정도의 고블린을 쫓아내는 것은 어렵지 않았다.

마기에 침식된 군단 수천을 막아 내는 것에 비하면 수월하기 그지없는 전투였다.

고블린들은 불리하다는 것을 깨닫자 부리나케 도주했다.

아론은 굳이 도주하는 놈들을 추격하지 않았다.

세상에 널리고 깔린 것이 몬스터다.

몇 백 마리를 쫓아가 죽인다고 해서 바뀌는 것은 없었다.

그보다 파이온 본령을 장악하는 것이 더 중요했다.

"와아아아!"

고블린 군단이 물러가자 죽었다 살아난 사람들은 환호성을 내질렀다.

정말 위험했던 순간이다.

원군이 조금만 늦었으면 본령에서 대량 학살이 일어났을 것이다.

도시가 받은 피해는 징집병 대부분과 병사 스물 정도.

백성이 죽지 않은 것만 해도 천운이었다.

아론이 성벽으로 접근하자 자작가 소영주 그레넌 파이온이 다가왔다.

"본 영지를 구원해 주셔서 감사합니다!"

"구원?"

"남작님이 아니었다면 어찌 되었을지 상상만 해도 끔찍……."

팟.

"소영주는 뭔가 착각을 하고 있군."

아론은 기병창에 묻은 피와 살점을 털어 냈다.

녹색의 피가 소영주 얼굴에 튀었다.

병사들은 물론, 백성들까지 몰려와 주시하는 상황이었다.

확실하게 목적을 밝히고 이들에게 인지시켜야 한다.

파이온 본령의 주인이 누군지.

"파이온 가문은 군대를 일으켜 오라클 가문을 침공했다. 그런 가문의 본령을 설마 구원하기 위해 왔겠나."

"그, 그렇다면?"

"현 시간부로 신성 보호막이 뻗어 나간 지역까지 오라클 영지로 선포한다. 이는 여신께서 신성 군주에게 내려 주신 땅을 보호하기 위한 조치이니, 어떤 이견도 받지 않는다."

그레넌 파이온은 일단 입을 다물었다.

생각할 시간이 필요했던 것이다.

그사이 아론은 병력을 부려 성문부터 막게 했다.

파이온 자작령 본령은 제법 방비가 튼튼한 요새 도시다.

오라클 영지처럼 목책이 아니라 제대로 된 석벽을 갖추었다.

소수의 병력이라도 성문을 닫고 농성했다면, 제아무리 아론이라고 해도 상당한 피해를 입었을 터.

몬스터가 도움을 주긴 정말 처음이었다.

고블린 군단이나 언데드가 또 몰려올 수도 있었으므로 대충이라도 성벽을 수리했다.

시신은 각각 모아서 화장했다.

그 과정에서 아론은 축도까지 하며, 본인이 여신의 사도임을 공인했다.

사후 처리가 대충 끝나자 아론과 그레넌 파이온은 광장 한복판에서 만났다.

의자 두 개가 마련되었다.

모두가 볼 수 있게 공개된 장소.

아론은 소영주의 수작이 무엇인지 짐작했다.

'나를 논파해 보겠다는 건가.'

가소로운 일이다.

오작 10대 중반의 애송이가 아론과 설전을 벌여 논파한다?

여신의 권위와 400명이 넘는 군대, 고인물로서의 경험까지 갖추고 있는 아론을 놈이 논파한다는 것은 불가능한 일이었다.

그레넌은 시작부터 약점을 드러냈다.

"이 땅은 선대에서부터 내려오는 가문의 땅입니다. 결코 물러날 수 없습니다!"

"선대에서 내려왔다고 하여 소유권을 주장하는 것은 옳지 않다. 왕실이 무너졌다며 바란테 요새를 점거한 것은 자작이다. 완벽한 모순이군."

"그, 그건!"

웅성웅성.

시작부터 그레넌이 밀렸다.

그에 대한 여론은 즉각 백성들에게도 반영됐다.

"남작님의 말이 맞지. 50년 전에 바란테 요새가 가문의 땅이라며 점거한 거니까."

"그래, 왕국이 망했으니 누구의 땅이라는 개념은 의미가 없을 거야."

물론, 일반 백성들이 여기까지 생각할 수는 없다.

'바람잡이를 심길 잘했군.'

이 임무는 에리아 경이 맡았다.

쓸 만한 인재를 얻었으니 적극 사용해야 한다.

정보전.

여기에는 여론전도 포함된다.

바람잡이를 동원한 군중 심리 조작은 비교적 간단한 일이었으므로 에리아에게 기회를 주어 공을 쌓게 한 것이다.

쓸모 있는 인재는 빠르게 가신으로 삼는 것이 바람직했으니까.

에리아가 깔아 둔 바람잡이의 선동에 백성들이 말려들었다.

이런 식으로 여론전을 준비할 것이라 생각지도 못한 그레넌의 얼굴은 붉게 달아올랐다.

"그렇다고 본령까지 접수한다는 것은 말이 되지 않습니다! 이곳은 가문이 다스리는 땅의 중심지. 물러나는 것이 맞습니다."

"내가 그래야 할 이유가 있나."

"그게 무슨 말씀이십니까!?"

"하늘을 보라."

"……."

"신성 보호막은 여신께서 이 땅을 신성 군주에게 주셨다는 증거다. 감히 네가 여신의 뜻을 거역하는 것이냐!"

꽈직!

아론은 의자를 박살 내며 일어났다.

신성 보호막은 매우 강력한 명분이다.

또한 영지전을 시작한 것은 자작 가문이었으므로 그들을 격파하고 여기까지 진군한 것은 매우 합당한 일이다.

"파이온 자작 가문은 패배했다. 내가 너를 죽이지 않는 것은 이 야만의 시대에도 도덕성을 유지해야 하기 때문이다. 허나 여신을 모독한다면 사지를 찢어 버릴 수밖에 없다."

"저, 저는!"

"여신께서 정당하게 내려 주신 땅을 인정하지 않느냐? 질문에 답해라."

아론은 당장이라도 칼을 뽑아 소영주의 목을 칠 기세였다.

'신성의 오라.'

스킬이 시전되자 아론의 몸에서 광휘가 어렸다.

기회를 포착한 바람잡이들이 외쳤다.

"여신께서 역사하심이다!"

"베일리께서 응답하셨으니, 이를 인정하지 않는다면 신에 대한 반역이다!"

웅성웅성!

여론은 더욱 소영주에게 불리하게 돌아갔다.

결국 아론을 논파해 보겠다는 속셈은 역으로 말려, 도저히 소영주가 이 땅의 권리를 주장할 수 없게 되었다.

신께서 약속하신 땅이라면 왕국법보다 우선시된다.

그레넌은 꼬리를 내려야 했다.

"제, 제가 어떻게 하면 됩니까?"

"너를 따르는 자들만 데리고 떠나도록. 백성들도 들어라! 여신의 보호를 받고자 하는 자들은 남고, 소영주를 따르고자 하는 자들은 떠나라. 붙잡지 않을 것을 신성 군주의 이름으로 약속한다."

"……!"

양자택일.

아론은 백성들에게 신을 따를 것인지, 철부지 소영주를 따를 것인지를 강요했다.

결과는?

그레넌 파이온의 완패였다.

제4장
노동자 양산 계획

그레넌은 자신을 따르는 백성이 100명도 되지 않는다는 사실을 확인하고 억장이 무너지는 심정이었다.

"꼴랑 이게 다라고!"

"황송할 따름입니다."

"설명해 봐라! 젠트라 네놈이 뒤에서 수작질을 한 것 아니냐!"

"······!"

웅성웅성.

화가 머리끝까지 치민 그레넌은 젠트라 오마르의 머리채를 쥐었다.

얼마나 강하게 쥐고 흔들었던지 머리칼이 한 움큼 뽑혔다.

그걸 본 백성들은 가슴을 쓸어내렸다.

'소영주를 쫓아가지 않은 것이 천만다행이야.'

'기사단장까지 저리 천대할 정도면, 우리 같은 평민들이야 몬스터의 먹이로 던져 줄 것이 분명해.'

"으아아아! 남작이 백성을 빼돌린 것이 틀림없다!"

척.

그레넌의 목에 마이어의 검이 닿았다.

감히 주군 앞에서 나대고 있는 놈을 가만둘 수가 없었기 때문이다.

"더 이상 주군을 모욕한다면, 벤다."

"감히……."

마이어는 더욱 검을 깊게 찔러 넣었다.

검붉은 피가 주르륵 흘렀다.

조금만 더 깊게 들어가면 경동맥이 잘려 피가 분수처럼 치솟을 것이다.

한순간 화가 치밀어 소리를 질렀지만, 죽음의 위기가 다가오자 그레넌은 몸을 덜덜 떨다 오줌을 지렸다.

"잘못……했습니다."

파이온 가문에서 이적해 온 에리아 경이나 병사, 백성들은 그동안의 습관이 있어 웃음을 터뜨리지 못했지만, 오라클 가문 측은 아니었다.

"오줌을 지리는 영주라니, 눈 뜨고 못 봐 주겠군."

"저 인간은 군주의 자질이 전혀 없다. 누가 무섭다고 오줌 싸는 군주를 따를까? 저들도 불쌍하군."

"쯧쯧, 정말 못났어."

오라클 병사들의 조롱에 그레넌의 얼굴이 터질 듯 붉어졌다.

귀족으로 태어나 이 정도 모욕을 받은 적이 있었을까?

그레넌과 함께 나서기로 한 병사들의 심정 역시 처참했다.

'고향의 가족들만 아니었어도 절대 소영주를 따르지 않았을 것이다!'

'가족들과 함께 와야 한다! 벌을 받더라도 이딴 놈이 통치하는 땅에 사는 것보다는 백 배 낫지!'

그레넌은 모든 면에서 아론 오라클과 차이가 났다.

누구보다 앞장서서 마물을 베어 넘기던 오라클 남작.

온몸에 광휘를 두르고 전신처럼 군림해 모든 사람을 위기에서 구했다.

귀족이라면 목숨 걸고 백성을 지키지는 못할망정, 피가 조금 났다 하여 오줌까지 지리고 있으니 도저히 비교가 불가했던 것이다.

곧 신성 군주의 명령이 떨어졌다.

"당장 소영주와 그를 따르는 사람들을 추방한다."

아론은 기사들을 거느리고 거리를 걸었다.

신성 보호막이 퍼지는 곳까지가 영토였으니, 앞으로 파이온 본령도 오라클 가문이 다스리게 될 것이다.

찰팍! 찰팍!

걸을 때마다 피 섞인 빗물이 튀었다.

홍수로 인해 피해를 입은 것은 오라클 가문만이 아니었다.

파이온 영지 전체도 물에 잠기면서 많은 사상자를 냈다.

주택들은 죄다 흙탕물을 뒤집어쓰고 있었다.

백성들은 집 밖으로 가재도구들을 꺼내 햇볕에 말리고 있었지만, 곰팡이가 슬어 쓰지 못하는 물건이 많았다.

그나마 도시 중심가가 이 정도이고, 빈민가로 들어가면 사태는 심각해진다.

깡마른 아이들이 쓰레기를 주워 먹었으며 아사 직전의 백성이 지천이었다.

"영지를 이 따위로 운영했다니."

"오라클 영지가 특별한 것이지, 대부분의 영지가 이럴 것이라고 봅니다. 최근 들어서는 마물의 침공이 심해졌으니 백성들의 삶은 뒷전이었겠죠."

레미나 경은 이것도 꽤 자비롭게 통치했던 수준이라 말했다.

자작이 백성을 수탈한 것이 아니었음에도 빈민가의 상황

은 심각했다.

더 큰 문제는 마물 침공이 본격화되면서 빈민의 숫자가 전체 인구 30%에 달한다는 것이다.

이래서야 군식구만 늘어나고 노동력으로도 활용할 수 없었다.

'좆됐군.'

아론은 새로운 문제에 직면했다.

빈곤은 21세기 지구에서도 해결을 못 한다.

중세의 상황은 더욱 처참했다.

전쟁이라도 터지면 강물에 시체가 둥둥 떠다닐 정도였다.

지금은 전쟁보다 더 심각한 상황이었으므로 빈민이 대량으로 양산됐다.

그걸 아론이 떠안아야 한다.

'신앙으로 통치하면 여러 가지 장점이 있지만, 빈민이나 아사 직전의 인구를 매몰차게 쳐 내지 못한다는 단점이 있다. 이 때문에 문명의 방향을 신앙으로 선택하는 것을 망설였던 적도 있지.'

진정한 의미에서의 신성 군주는 빈민도 책임진다.

아론이 부패한 교단의 사제라면 몰라도 무시하긴 힘들다.

그가 심각한 고민에 잠겨 있는 사이, 빈민들이 몰려들었다.

"신성 군주시여, 저희를 구해 주세요."

"제발 먹을 것을 주세요."

좋지 않은 상황이었다.

이런 일이 벌어질 것이라 예상은 했지만 막상 닥치니 어찌 처리해야 할지 막막했다.

아론은 잠시 생각을 마친 후 선언했다.

"일하지 않는 자, 먹지도 말라. 신께서는 나태를 7대 악으로 규정하셨다. 당장 움직일 수 있을 정도의 구휼은 하겠다. 허나 노동 없는 대가만 바란다면 지옥에 떨어질 것이리라."

"……!"

특단의 조치였다.

병들어 움직이지 못하면 몰라도 움직일 힘이 남아 있다면 지푸라기라도 날라야 한다.

지금 상황에 무상으로 빈민가에 식량을 뿌리는 건 말도 되지 않는 일이었다.

아론은 단호했다.

"레미나 경! 빈민들에게 1회에 한해 식량을 제공하라."

"바로 시행하겠습니다."

레미나는 휘하 병사에게 명령해 약간의 식량을 배급하라 지시했다.

명령을 내리는 그녀의 표정은 썩 좋지 않았다.

"주군, 정확한 집계는 아니지만 본령에만 2,500명에 달하는 백성이 있으리라 예상됩니다. 이로 인해 오라클 영지의 인구는 두 배로 늘어났지만, 소모되는 식량도 두 배가 되었습니다."

"……."

"이대로는 일주일도 버티지 못합니다."

절망적인 관측이었다.

그레넌 소영주를 추방한 후 식량 창고를 열었을 때, 식량이 얼마 남지 않았다는 사실을 깨달았다.

병사 위주의 배식과 빈민을 도외시한 운영, 백성에게도 극단적으로 배식의 양을 줄이면 보름까지는 버티겠으나 아론은 신성 군주 직함을 달고 있어 불가능한 일이었다..

"에리아 경."

"예, 주군!"

이번에 기사로 발탁된 에리아 미리엄은 시궁창과 피가 섞여 흐르는 땅바닥에 망설임 없이 무릎을 꿇었다.

"레미나 경과 연계하여 재화를 찾아내라. 동시에 금 모으기 운동을 전개한다."

"예?"

에리아는 살짝 고개를 들어 아론을 바라봤다.

백성들에게 재화를 뜯어 오라는 의미였는데, 도대체 무슨 이유로 금이 필요한지 이해가 되지 않았기 때문이다.

목적을 알아야 여론전도 펼 수 있는 법이다.

"이유는 레미나 경이 설명할 것이다."

"바로 시행하겠습니다."

두 여기사가 명령을 받고 사라졌다.

아론이 명령을 내리는 것을 백성들도 보았기에 드디어 제대로 된 통치가 이루어질 것이라는 기대감이 돌았다.

빈민가에서 벗어날 즈음.

소영주의 동태를 살피고 돌아온 마이어 경이 보고했다.

"그레넌 파이온은 막 본령을 벗어났습니다."

"상태가 어떻던가?"

"고래고래 소리를 지르며 난리도 아니었습니다. 본령에서 벗어난 순간부터 복수를 다짐하기도 했습니다."

"당연히 그래야지."

"너무 반응이 극단적인데, 위험하지 않겠습니까?"

"위험?"

아론은 코웃음을 쳤다.

파이온 가문 소영주 따위는 그의 상대가 아니다.

복수를 하려고 해도 마땅한 방법도 없는 상태였다.

주변 영지 대부분은 멸망했거나 힘겹게 생존을 이어 나가고 있을 터.

이 상황에 누가 복수를 도울까.

"차라리 도적으로 위장해 처리하는 것이 어떤지요?"

"마이어 경, 이번에 금광을 발견했다. 경도 알다시피 재화는 식량으로 교환이 가능하지. 광산 일이 좀 힘든가? 거기서 일할 인부가 필요해."

"과연……! 이해했습니다."

아론은 마이어 경에게만 살짝 귀띔해 주었다.

무신론자인 마이어 제렌스는 군주의 의도를 충분히 이해한 것이다.

파이온 영지 본령 외곽.

오라클 남작에게 도시를 빼앗기고 쫓겨난 그레넌은 기사단장과 병사 50명, 백성 100명을 이끌고 이동했다.

그는 쫓겨나는 순간부터 지금까지 오라클 남작을 욕했다.

"똥물에 튀겨 죽일 놈! 반드시 복수한다! 사지를 찢어 버릴 것이야!"

치욕도 이런 치욕이 없었다.

마이어 제렌스도 그의 살생부 리스트에 들어갔다.

놈은 감히 귀족의 목에 칼을 들이대 오줌을 지리게 했다.

죽을 위기에 처했는데 두려워하지 않을 사람이 어디 있을까?

그레넌의 생각이 틀린 것은 아니다.

하지만 그가 귀족이자 파이온 가문의 차기 가주라는 것

이 문제였다.

오줌을 지리는 군주?

그 광경을 실제로 목격하면 쥐똥만큼 남아 있던 충성심마저 사라질 것이다.

"단장!"

"……예, 소영주님."

"가론 요새에 남아 있는 병력이 얼마나 되겠나?"

"30명이 채 되지 않을 겁니다."

"고작 그것밖에 안 돼?"

"자작님께서 전 병력을 이끌고 가셨기 때문이죠."

"어쩔 수 없지. 요새와 마을을 돌며 병력을 모으는 수밖에."

파이온 자작이 전 병력을 꼬라박는 바람에 영지 전역을 돌아다닌다고 해도 모을 수 있는 병사는 많지 않을 것이다.

그럼에도 그레넌은 복수심에 불탔다.

마을을 돌아다니며 징집할 수 있는 남자는 모조리 긁으면 300명 정도는 모을 수 있다는 계산이었다.

오라클 남작도 계속 본령에 병력을 주둔시킬 수는 없을 테니, 그곳을 탈환하는 것부터 시작할 예정이었다.

하지만,

"소영주님께 보고 드립니다! 가론 요새가 점령됐습니다!"

"뭐라고! 누가? 설마 오라클 남작?"

"어, 언데드 무리가 요새를 가득 채우고 있습니다."

믿을 수가 없는 일이었다.

그레넌은 요새가 내려다보이는 언덕까지 이동해 그곳의 자세한 상황을 살폈다.

눈앞에는 끔찍한 광경이 펼쳐져 있었다.

성문은 파괴되고 성벽 앞은 시신이 산처럼 쌓여 있었다.

요새의 병사들은 물론, 백성들까지 죄다 동원해 분투한 모양이지만 언데드 군단의 진격을 막지 못했다.

요새에 살아남은 인간이 없었다.

흐느적거리며 돌아다니는 언데드만 있을 뿐.

그 광경을 젠트라 오마르도 확인했다.

'파이온 자작 때문에 일어난 일이다. 백성의 안전을 지켜 주지 못하는 인간은 군주로서 자격이 없는 것이지.'

젠트라의 눈동자가 깊게 가라앉았다.

그가 소영주를 따라나선 건 가족의 안위 때문이었다.

가족만 무사히 구출한다면.

'법과 질서가 무너진 세상에서 봉신 계약 따위는 아무런 의미가 없다.'

파이온 본령 곳곳에 아래와 같은 공고가 붙었다.

[광산에서 일할 인부를 모집한다. 광산 인부는 식량을 2배 지급한다.]

[금 모으기 운동을 전개한다. 금과 은을 가져오면 소량의 식량으로 교환해 준다.]

[굳이 이러한 일을 진행하는 것은 여신께 금과 은을 공양할 것이기 때문이다.]

[우리 인간에게는 아무런 소용이 없을 재화이지만 여신께서는 그 정성을 보신다.]

공고가 붙자마자 바람잡이들이 돌아다니며 '여신의 말씀'을 전했다.

성서를 근거로 하여 '헌금'의 개념을 부활시킨 것이다.

물론 헌금은 실질적으로 사람들 사이에서 가치가 있는 재물에 한정됐지만, 성서의 내용을 어떻게 해석하느냐에 따라 의미가 달라지긴 한다.

에리아 미리엄은 그 점을 적극 활용했다.

약간의 식량마저 준다니 금과 은이 광장에 모이고 있었다.

금 모으기 운동은 효과적이었지만 광산 인부에게 임금의 개념을 도입한 것에 대해서는 말이 많았다.

칼슨 경만 해도 그랬다.

"주군, 벌써 임금을 지급하기 시작하면 식량이 순식간에 떨어질 겁니다."

"괜찮다. 금을 캐기 시작하면 상쇄될 거야."

"그렇습니까?"

"지금부터라도 노동의 보수에 대한 개념을 주입해야 한다. 그것이 행정과 경제를 세우는 초석이 된다."

아론이 칼슨 경과 함께 금 모으기 운동에 관련된 문제를 심의하고 있을 때였다.

[난민 지도가 갱신됩니다.]

"음?"

갱신된 지도에 보라색 점이 찍혔다.

최상급 인재가 떴다는 정보였다.

제5장
최상급 인재

"왜 그러십니까?"

"아무것도 아니다."

아론은 잠시 쉬어 가야겠다는 듯 근처 나무 밑동에 앉았다.

그러곤 주변을 둘러보는 척 난민 지도를 살폈다.

'보라색이라.'

난민에 포함되어 있는 사람들 가운데 뛰어난 인재가 존재하다는 뜻이다.

지도에 표시되는 난민의 등급은 몇 단계로 나뉜다.

흰색과 노란색, 분홍색, 보라색, 황금색의 다섯 등급이다.

이는 아이템의 등급과 유사한 분류였다.

보라색 아이템은 유니크를 뛰어넘은 '유물' 급이었으니, 심상치 않은 인재가 등장했다는 것을 의미했다.

　하지만,

　'왕녀 구출 퀘스트일 거야.'

　난민의 등급이 높다 한들 그 인물이 영지에 도움을 준다고 보기는 어렵다.

　초반에 유물급 아이템에 준하는 인재를 내려 줄 만큼 디펜스 워가 친절하지 않기도 했고.

　결국 이 정도의 등급은 '정치적 가치'로 책정할 수 있었다.

　지금쯤이면 라파논 왕국의 왕녀가 점령된 수도를 탈출해 이리저리 떠돌고 있는 시기였다.

　국왕과 왕태자마저 사망한 상태에서는 왕녀가 구심점이 될 수 있었다.

　그녀를 확보하게 되면 정치적으로 꽤 쓸모가 많을 거란 뜻이다.

　문제는 몇 번째 왕녀인지였다.

　일반적으로 왕족은 안하무인에 발암 덩어리였다.

　어려서부터 다들 떠받들어 주고 자란 인간이 권력마저 쥐고 있었다면 그 심성이 어찌 됐을지는 안 봐도 뻔했다.

　거기에 막내라면?

　끔찍한 재앙이 강림하는 것이다.

하지만 게임 속에서 설정된 캐릭터 중에는 드물게 정치적인 가치를 가지면서도 능력이 뛰어나 영지에 도움이 되는 인물이 있었다.

성격마저 곱다면 완벽하게 게임에서나 존재할 만한 캐릭터가 탄생하는 것이다.

그런 존재는 구할 가치가 충분했다.

'3왕녀는 버린다. 2왕녀라면 직접 만나 본 후 결정하며, 1왕녀 정도의 S급 캐릭터가 떴으면 주워 온다.'

이것이 고인물로서 내린 결론이었다.

운이 좋으면 1왕녀에 왕실 기사까지 주워 올 수 있었다.

정치적인 가치까지 고려하면 이는 필수 퀘스트가 되는 셈이다.

"잠시 굴려야겠군. 왕녀고 나발이고 고생을 좀 해야 현재 상황이 어떤지 인지하게 될 것이니."

그러다 죽으면?

할 수 없다.

해당 캐릭터의 운이 거기까지인 것이다.

다음 날 아침.

아론은 아직 오라클 영지로 복귀하지 못했다.

도저히 파이온 영지의 꼴을 보면 돌아갈 엄두를 내지 못하는 것이다.

본령도 문제였지만, 이번에 세력권에 편입된 요새나 마을들도 하나같이 큰 피해를 입었다.

이 문제는 반드시 짚고 넘어가야 한다.

얼마 전까지 파이온 자작령의 영주성이였던 이곳은 아론이 점거했다.

영주성 대전에 가신들이 모였다.

재무관 카일 경은 오라클 영지를 대리 통치해야 했기에 오지 못했지만 나머지는 모두 참석했다.

촤악!

아론은 지도부터 폈다.

"우리 세력권으로 편입된 영토는 본령까지다. 그 사이에 요새 두 곳과 마을 10개가 있지."

"……."

가신들은 확장된 영토부터 머릿속에 집어넣었다.

정확하게 어디까지가 세력권인지 알아야 앞으로 활동하기가 쉬울 것이기 때문이다.

영토는 거의 두 배가 늘었다.

문제는 모든 요새와 마을을 재건할 수는 없다는 것이다.

오라클 영지에는 그럴 만한 인력도, 원자재도 없다.

슥. 슥.

아론은 북부 요새에 X표시를 했다.

"파이온 북부 요새는 조사 결과 도저히 재건할 수 없는 것으로 판정되었다. 땅은 마기에 침식되고, 성문을 비롯한 성벽 전체가 파괴되었으며, 근처에는 수원지가 없으므로 농지로서의 가치도 없지."

가신들은 고개를 끄덕였다.

매우 합리적인 판단이었다.

대침공이 오는 경우가 아니라면 신성 보호막이 영지를 보호해 주었기에 무리해서 요새를 재건할 가치가 없는 것이다.

"그에 비해 남부 요새는 반드시 재건해야 한다."

"그곳의 상태는 좋습니까?"

"좋다고 단언할 수 없다."

"하면 왜……?"

"다음 웨이브를 남부 요새에서 막아야 하기 때문이지."

"……!"

아론은 튜토리얼을 포함해 지금껏 세 번의 웨이브를 막았다.

시간이 갈수록 난이도는 높아졌으며, 네 번째 웨이브는 정말 위험했기에 최선을 다해 준비해야 했다.

누구도 의심은 품지 않았다.

지금껏 아론의 말이 틀린 적이 없었기 때문이다.

"그 밖에 재건할 수 있는 마을은 3개 정도로 한정된다."

"피해가 심각하군요."

"본령이 무너지지 않는 것만 해도 천운이야."

영토가 넓어졌다고 좋아할 일은 아니다.

마을은 하나같이 박살 나 처음부터 새로 지어야 하는 수준이었다.

요새도 마찬가지였다.

마을은 농사에 필요하고 요새는 다음 웨이브를 막는데 필수적이다.

아론이 동그라미를 그린 요새와 마을들은 어쩔 수 없이 재건해야 하는 부분을 표시한 것이다.

"건설 부장."

"예, 영주님!"

"지금 표시된 지역들을 재건할 수 있겠나."

"저희 건설부만으로는 무리가 있습니다만, 인부를 지원해 주신다면 빠른 시일 안에 재건해 보이겠습니다!"

제피드 브라이넌은 눈을 빛냈다.

요새와 마을을 재건하는 임무는 생사를 가를 수 있을 정도의 중책이다.

그러나 누구도 의문을 제기하지 않았다.

오라클 영지에 홍수가 났을 때, 그는 엄청난 시공 능력을 보여 주었다.

임시 요새를 지을 때도 마찬가지였다.

신분 복원에 대한 열망 때문에 더 열심히 일한 것도 있지만, 제피드는 기본적으로 건축에 조예가 깊었다.

"전권을 주겠다. 바로 출발하라."

"시, 실망시켜 드리지 않겠습니다!"

"마이어 경은 영지 내부 토벌을 맡아라. 외곽의 적은 굳이 다 죽일 필요 없다. 밀어내기만 하면 돼. 병력 200을 주겠다. 말도르 경과 함께 가도록."

"으하하! 맡겨만 주십시오!"

성기사가 된 말도르 경은 자신감이 흘러넘쳤다.

그렇다고 그 성질이 아예 고쳐진 것은 아니었으므로 사람을 상대하는 임무보다는 몬스터 토벌에 어울렸다.

마이어 경은 고개를 꾸벅 숙이고 말도르 경을 질질 끌고 나갔다.

"레냐, 파종은 어찌 되어 가고 있느냐."

"준비 중에 있어요! 강이 범람하고 저수지가 가득 차서 물만 빠지면 비옥한 토지가 될 수 있을 것 같아요!"

"파종 전까지 농지의 물을 뺄 수는 있고?"

"건설부에 말하면 빨리 가능하지 않을까요?"

"그건 그렇지. 이런 최악의 상황 속에서 그나마 좋은 소식인가."

인시드 강 범람.

영지는 강을 따라 세워지기 마련이다.

산간벽지 시골 영지라 해도 마찬가지다.

강이 없으면 농사를 지을 수 없으니, 오라클 영지처럼 가

난한 영지라도 강을 따라 영지가 건설됐다.

그 인시드 강이 범람했다.

이만한 홍수가 났으니 범람하지 않으면 그게 더 이상한 일이다.

강이 범람하면 농지에 피해를 냈지만 그게 꼭 나쁜 일만은 아니었다.

침수된 농지는 물만 잘 빼 주면 비옥한 토지가 된다.

고대 이집트가 그리 잘나갔던 것도 '나일강의 기적' 때문이었다.

주기적으로 강이 범람해 주니 농지가 비옥해진 것이다.

다만, 아론의 경우에는 자연적으로 농지의 물이 빠질 때까지 기다릴 수 없었다.

"그 부분은 네게 전권을 주마."

"맡겨만 주세요!"

레냐는 그 작은 손으로 군례를 붙인 후 사라졌다.

커다란 지팡이는 좀 두고 다녔으면 좋겠는데, 어디를 가나 짊어지고 다녔다.

레미나 경에게는 행정을 맡기고, 잭슨에게는 전처럼 신병을 모집하여 훈련하게 했다.

하나둘 가신들이 임무를 받아 나가는 가운데 에리아만 남았다.

그녀는 정식 가신이 아니었다.

가신으로 삼기에 적합한지 시험하는 중이었으며, 그 사실을 에리아도 알고 있었다.

"에리아 미리엄."

"예, 주군!"

척.

그녀는 아론의 발치에 무릎을 꿇었다.

"이 지점에 라파논 왕국의 왕녀가 있다."

"……!"

아론이 군사 지도에 위치를 짚어 주었다.

이 시대의 지도란 정확하지 않고 대충 산과 들이 표시된 경우가 많았지만, 군사 지도는 정확도에 신경 썼다.

아론이 표시된 지점에 왕녀가 기다리고 있지는 않겠지만 수색을 하다 보면 쉽게 발견할 수 있을 것이다.

에리아는 아론에게 그 사실을 어떻게 아냐고 묻지 않았다.

여신의 가호를 받고 있기에 알고 있다고 여길 뿐.

"경은 가서 정보를 최대한 수집하도록 해라. 일행의 숫자는 물론이고, 그들의 성향까지 고려되는 사안이다."

"명을 받듭니다."

에리아 미리엄은 자신을 따르는 병사들을 모았다.

전원 여성 병사로 구성된 특수 부대는 총원 다섯으로 구성되어 있었다.

그녀들은 전부터 에리아 휘하에 있었으며, 항상 기사가 되기 위해 노력해 온 만큼 그 실력은 말해 입만 아프다.

자작 가문에서 복무했을 때는 에리아처럼 많은 차별을 받았다.

하지만 지금은 그때와 다르다.

아론 오라클은 특수 부대 창설을 수락했으며, 임무를 완수하면 평가에 반영된다.

공을 쌓다 보면 기사가 되는 것도 꿈은 아니었다.

노력하면 그에 대한 보상을 받는 것이다.

아주 당연한 세상의 이치였지만, 부조리가 판치는 중세에서 그 당연한 보상을 해 주는 군주는 흔치 않았다.

영주성 뒤에 가볍게 무장한 대원들은 한 치의 미동도 없었다.

"신성 군주께서는 논공행상에 야박한 분이 아니야."

"……."

대원들의 눈빛이 더욱 깊어졌다.

청년이 워낙에 줄어 여성 병사를 모병할 수밖에 없는 세상이 되었다.

징병까지는 아니더라도 뜻이 있는 여자들은 병사로 복무할 수 있었다.

그러나 자작 가문에 속해 있을 때에는 위험하게 임무를

완수해도 공을 빼앗기기 일쑤였다.

하지만 이제는 그러지 않아도 된다.

"이번 임무는 타국의 왕녀 일행을 조사하는 것이다. 매우 중요한 임무이니 얼마나 세밀하게 조사하느냐에 따라 그 직위가 올라갈 수도 있어. 내 말 무슨 뜻인지 알겠지?"

"목숨을 바쳐 임무를 수행하겠습니다!"

"가자!"

고작 다섯 명.

시작은 미약하다.

하지만 에리아는 확신했다.

'특수 부대를 영지의 한 축으로 키워 낸다.'

아론은 늦게까지 본령을 둘러보며 이것저것을 지시했다.

조금이라도 쉬고 싶지만 반투명으로 떨어지고 있는 시간을 보면 도저히 쉴 수가 없는 팔자였다.

가신들에게 일을 배분하고 나자 백성들이 더욱 빠릿빠릿하게 움직였다.

상급자가 나서서 정확하게 일을 배분하는 것과 그렇지 않은 것에 대한 차이는 컸다.

하루 종일 고생한 결과, 파이온 본령은 어느 정도 회복되고 있었다.

홍수를 완벽하게 복원하기 위해서는 시간이 꽤 걸릴 테

지만, 당장 주택에 들어가서 살 정도는 됐다.

여기까지라도 일이 진행된 것이 어딘가 싶다.

'내일부터는 신전도 건설해야겠어.'

문명의 방향이 신앙인데, 신전 하나 없다는 것은 말도 안 되는 일이다.

수월한 통치를 위해서라도 반드시 필요하다.

아론이 하루를 마무리하고 있을 무렵.

아침에 나갔던 특수 부대 요원 중 한 명이 돌아왔다.

"영주님께 보고 드립니다!"

요원은 왕녀 일행을 주변에서 관찰하며 얻어 낸 정보를 1차로 보고했다.

모든 이야기를 들은 아론의 눈빛이 서늘해졌다.

"그게 정말인가?"

오라클 영지 외곽.

십여 명으로 구성된 자들이 화려하게 치장한 여성을 보호하며 전진하고 있었다.

끊임없이 밀려오는 언데드 군단 때문에 그들은 밤낮으로 도주해야만 했다.

'곧 투명한 막에 도착한다.'

왕실 기사단장 제레미 아이언은 이를 악물었다.

여기까지 오는 동안 수백에 달했던 병력을 대부분 잃었

으며, 왕실 기사 역시 단둘만 남았다.

왕국이 멸망한 후 지금에 이르기까지, 그들은 오직 생존을 위해 투쟁했다.

무작정 언데드가 적어 보이는 곳으로 이동하던 도중 그들은 신성한 막을 보았다.

멀리서도 아름답게 빛나는 지역.

여신의 가호가 미치는 곳임이 확실했다.

"단장님! 곧 오라클 영지에 접어듭니다!"

다행히 투명한 막은 그들을 거부하지 않았다.

사람들은 부드럽게 보호막을 통과했다.

쿵!

쿠구궁!

"끼에에엑!"

언데드 군단은 그 막을 넘어오지 못했다.

보호막에 머리를 찧어 대자 경계선이 썩은 피로 물들었다.

긴장이 풀린 사람들은 모두 주저앉았다.

처음에는 나름 마차와 말을 타고 이동했으나 하나둘 잃기 시작해서 며칠 전부터는 도보로 이동해 피로가 누적된 것이다.

"후욱! 후욱!"

'살아남았다.'

제레미 아이언이 거친 숨을 몰아쉬며 오직 살았다는데 의의를 두었다.

호흡을 조절하자 옅은 신음 소리가 들려왔다.

"아파……."

"전하, 괜찮으십니까?"

"아파 죽겠다고!"

왕국에 남은 유일한 왕족 2왕녀 샤론.

그녀는 얼마 전까지만 해도 이웃 국가인 바이탄과 정략혼을 할 예정이었다.

신부 수업까지 받아 가며 시집갈 날만 기다리고 있었으나 갑작스럽게 왕국이 멸망했다.

오만하던 왕녀도 목숨을 건 도주를 이어 가며 성질이 많이 죽었지만, 왕족 특유의 기질은 완전히 사라지지 않았다.

그래도 이만하면 양호했다.

사람을 폭행하거나 필요 이상으로 떼를 쓰진 않았으니까.

'많이 유해지셨군. 고난은 사람을 성숙하게 만들지.'

장장 일주일, 죽을 위기를 넘기는 동안 얻은 것이라고는 그것 하나였다.

"이제 어쩔 거야?"

퉁퉁 부은 발목을 주무르던 왕녀는 제레미에게 계획을 물었다.

계획 따위가 있을 리 만무했다.

그럼에도 일행을 책임지는 자리에 있었기에 생각을 쥐어짜 냈다.

"신성한 보호막이 오라클 영지 전체를 보호하고 있습니다. 아무래도 이곳의 영주가 여신께 선택을 받은 것 아닌가 합니다."

"그럼 여기서 뭐 하고 있어? 빨리 가서 왕족을 모시게 해야 할 것 아니야!"

"……."

이 철없는 왕녀 때문에 제레미는 속으로 한숨을 내쉬었다.

타국의 귀족에게 자국의 왕족을 모시게 한다?

법과 질서가 살아 있던 시절이라면 그럴 수도 있었다.

국제 관계를 고려하면 마땅히 예의를 차려야 했으니까.

하지만 지금은 법이 유명무실해진 상태였다.

그러니 왕녀라는 신분은 전혀 도움이 되지 않는다.

오라클 남작이 그들을 죽이지나 않으면 다행이라 생각했다.

"전하, 오라클 남작이 저희를 받아 줄 의무는 어디에도 없습니다."

"왜? 나는 왕국의 계승권을 가진 왕족이잖아."

"왕국이 멸망한 시점에서는 계승권이 필요 없어진 탓이지요."

"아니야! 재건할 수 있어! 분명히!"

"지금은 우선 생존하시는 것이."

"인간! 인간 고기!"

"고, 고블린입니다!"

왕녀와 단장이 설전을 벌이는 사이, 기괴한 울음소리가 들렸다.

바깥의 몬스터는 들어오지 못했지만, 이미 존재하고 있던 놈들이 있었던 모양이다.

고작 고블린.

그러나 그 숫자가 백 마리를 넘어가면 체력이 바닥을 찍은 상태에서 상대하기가 버겁다.

힘겨운 전투가 벌어졌다.

"꺄야야약!"

사방으로 피가 낭자한 가운데 왕녀가 소리를 질러 대자 고블린들이 더욱 흥분해서 달려들었다.

퍼억!

"끄아아악!"

근위병 하나가 사방하며 놈들에게 끌려 들어갔다.

고블린들은 근위병의 사지를 잔인하게 찢어 포식했다.

언데드와는 또 다른 공포에, 왕녀의 사지가 달달 떨렸다.

으득!

제레미는 이를 악물었다.

이대로는 전멸한다.

"전하! 가셔야 합니다!"

오만한 왕녀라도 죽을 위기에 처했다는 사실은 알았다.

신성 보호막 안에만 들어오면 안전할 줄 알았더니, 이 안에도 몬스터가 돌아다닐 줄이야!

목숨을 건 행군은 다음 날 오전까지 지속되었다.

가뜩이나 누추한 몰골은 상거지나 다름없게 변했으며, 물을 마시지 못해 입에서 단내가 났다.

체력은 바닥을 찍으며 전부 쓰러지기 직전이었다.

지금껏 지나온 마을들은 죄다 폐허가 되어 음식조차 구할 수 없었다.

그런 가운데,

"인간! 죽어라!"

무려 30마리에 달하는 오크 떼였다.

제레미 아이언은 눈을 질끈 감았다.

'여기까지인가.'

아무리 뛰어난 검술을 지니고 있다고 한들 체력이 한계에 다다르면 제대로 검을 쓸 수 없었다.

밤새도록 전투를 벌이며 온몸에 생채기가 생기기도 했다.

치명상은 없었지만, 피를 많이 흘려 더 이상은 검을 휘두를 힘조차 남아 있지 않았다.

오크 무리에 일행이 집어삼켜지려 하는 그때.

두두두두!

"기, 기병입니다!"

근위병의 말에 제레미는 눈을 번쩍 떴다.

30기 정도의 기병이었다.

꽤 강력한 군사력을 가지고 있던 라파논 왕국 기사가 보기에도 기병의 무장은 심상치 않았다.

마갑과 중갑으로 무장한 기병대.

이 시대 최강의 전투력으로 통하는 중갑 기병이었다.

그들은 강력한 돌파력으로 오크를 찢어 버렸다.

50미터 앞에서 반전한 기병은 일행을 향해 다가왔다.

지휘관으로 보이는 자가 말에서 내렸다.

"나는 이 땅의 영주 아론 오라클이다. 타국의 기사와 병사들이 어찌하여 아국의 영토를 침범한 것인가?"

"……!"

어느 정도 배타적일 것이라 예상은 했지만, 아론 오라클의 반응은 매우 절망적이었다.

법과 질서가 무너진 야만의 시대.

아론 오라클의 반응은 당연한 것이었다.

투구를 벗은 아론은 상거지 꼴의 여자와 마주했다.

멸망한 왕국의 2왕녀.

굳이 신분을 밝히지 않아도 알 수 있었다.

저 은발은 라파논 왕가의 상징이다.

허리까지 내려오는 2왕녀의 긴 머리칼은 많은 게이머의 심금을 울리기도 했다.

그 외모 때문이라도 어떻게든 구해 쓰는 사람이 많았지만, 성격으로 보면 명백한 '불호'다.

모니터로 볼 때야 거지 같은 성격을 클릭 한 번으로 넘길 수 있지만, 이곳은 현실이었다.

지속적으로 아론의 권위를 무시하려 드는 순간 균열이 발생한다.

결코 그 꼴은 볼 수 없었다.

'혹시 모르지. 여기까지 오는 동안 정신을 차렸을지도.'

흔히 군필자를 우대하는 이유다.

수도를 탈출해 여기까지 오는 동안 갖은 고생을 했다면 오만함이 고쳐졌을 수도 있었다.

왕국 3왕녀는 아예 갱생 불가능한 수준이었지만 2왕녀는 싹수라도 보인다는 것이 아론의 평가였다.

1왕녀가 있었다면 베스트지만, 세상만사가 그리 쉽게 돌아가지 않는 법이다.

은발의 미소녀가 아론의 눈앞에 섰다.

"경이 베론 왕국의 오라클 남작인가?"

"그렇다면?"

"나는 대 라파논 왕국 2왕녀 샤론 라파논이다! 고귀한 왕족을 맞아 예를 갖추지 못하겠느냐!"

"……."

"어디 남작 따위가 왕족과 대등하게 서 있는 것이냐!"

왕녀를 쫓아 고생해 온 기사와 병사들은 뜨악한 표정을 지었다.

'저런 미친!'

'생존의 기회를 이렇게 말아먹는다고!?'

라파논 왕국은 얼마 전에 멸망했다.

아론이 속한 베론 왕국처럼 몇몇 영주들이 힘겹게 생존하고 있을 뿐이었다.

수도가 무너지고 국왕이 죽었으며, 대부분의 왕족이 마물에게 산 채로 잡아먹혔다.

2왕녀가 겨우 도주해 왔지만, 신분을 주장해 뭔가를 요구할 수 있는 위치가 결코 아닌 것이다.

"쯧."

아론은 혀를 찼고, 그것으로 끝이었다.

"내 땅에서 나가도록. 30분 안에 나가지 않으면 돌격하겠다."

"……!"

아론은 투구를 썼다.

안타깝지만 샤론 왕녀는 꽝이었다.

어려서부터 수학에 두각을 나타냈다는 설정으로 데려가면 행정에 요긴하게 써먹을 순 있었을 것이다.

마법도 마찬가지였다.

왕녀 스스로는 마법을 사용하지 못하지만, 레냐에게 많은 도움을 줄 수 있었다.

문제는 저 거지 같은 성격이 고쳐지지 않았다는 것.

오만함도 문제였지만 자기 객관화가 전혀 되어 있지 않았다.

그러니 굳이 위험을 감수하면서까지 행정 관료로 발탁할 이유는 없었다.

왕족의 권위가 먹히지 않자 샤론은 기겁했다.

"어찌 이럴 수 있느냐! 나는 왕족……."

"아론 경! 잠시만 대화를 날 수 있겠습니까!?"

"경이 낄 자리가 아니다. 윗선에서 끝낸 이야기니 예정대로 내 땅에서 꺼져라."

"아론 경!"

아론은 자리에서 벗어났다.

왕녀 일행은 망연자실한 표정으로 이곳을 바라보고 있었다.

기병대는 고지대로 이동했다.

"주군, 정말 왕녀를 내보냅니까?"

칼슨 경이 걱정스럽게 물었다.

아론이 어깨를 으쓱였다.

"그러지 말아야 할 이유가 있나."

"왕녀라면 라파논 왕국의 구심점이 될 수도 있습니다. 영주들을 규합해 침공하면 어찌합니까?"

"침공?"

아론은 코웃음을 쳤다.

현지인들은 혹시 모르는 사태를 걱정할 수 있긴 했다.

베론 왕국에도 살아남은 영주가 꽤 있었으니까.

문제는 생존자들의 코가 석 자라는 것.

봉건제 왕국은 중앙의 군사력으로 통치된다.

중앙이 무너지는 순간 군주들이 각자도생하며 독립 국가를 꿈꿀 것은 뻔했다.

살아남은 병력도 얼마 되지 않을뿐더러 멀리 떨어진 제후들을 규합하는 것은 불가능하다.

이 난이도 높은 일이 가능하다고 말한다면 '디펜스 워'의 세상을 전혀 모르기에 할 수 있는 개소리다.

"전 대륙이 무너졌다. 그건 내가 보증하지."

"여신께서 계시하신 겁니까?"

"그래."

"그렇다면 안심입니다! 걱정하지 않고 밀어 버리겠습니다!"

아론은 떨어지는 시간을 확인했다.

병사들 역시 저들을 쫓아내는 것이 당연하다고 여겼다.

평소 줄기차게 전쟁을 걸어 왔던 왕국의 왕녀가 주군을 모욕했다.

당장 쓸어버리지 않은 것만으로도 큰 자비였다.

약속된 30분이 지났다.

그동안 아론도 생각을 좀 했다.

처음에는 어처구니가 없어 단칼에 거절했지만, 참교육을 통한 갱생이 가능하지 않을까 싶었던 것이다.

결론은 불가였다.

신성 군주의 몸으로 타국의 왕녀를 참교육한다는 것은 어려운 일이다.

잘못하면 이상한 풍문에 휩쓸릴 것이기도 했고.

'계획대로 저들을 영지 밖으로 밀어낸다. 좀 더 구르다 보면 자신이 얼마나 잘못 행동했는지 깨닫겠지.'

가능성 하나 정도는 남겨 두었다.

물론 신성 보호막 밖의 세계는 꽤 살벌했기에 십중팔구 전멸할 것이다.

'그러면 별수 없는 일이고.'

철컥.

아론은 챙을 내렸다.

기병창을 앞세우고 속력을 높여 나갔다.

"충돌하는 순간, 저들이 우리 땅에 남아 있다면 그대로 밀어 버린다. 허나 충돌 전 나가면 굳이 죽이지 않는다."

"예!"

두두두두!

30기의 기병이 최대의 속력에 도달했다.

갈등하고 있는 왕녀와 아론이 눈을 마주쳤다.

그들은 보호막 앞에서 우왕좌왕하고 있었다.

이 와중에도 샤론 왕녀가 입술을 짓씹으며 눈을 부라리는 것을 보니, 아직도 정신을 차리지 못한 모양이었다.

아론은 혀를 찼다.

충돌 직전, 그들은 아슬아슬하게 신성 보호막을 빠져나갔다.

두두두두두!

기병들이 좌우로 갈라져 그들을 비켜 갔다.

보호막 밖에서 왕녀가 고래고래 소리를 질렀다.

평소 유한 성격의 칼슨마저 별 독한 년 다 봤다며 혀를 내둘렀다.

"내보내길 잘했군요."

"다들 명심해라. 영지의 단결을 저해하고 군주의 권위를 깎아내리려 한다면 그 누구라도 베어야 한다는 것을."

제6장
갱생

왕녀 일행이 살아남을 수 있는 유일한 희망이 무너졌다.

  아무리 충성스런 근위병이라고 한들, 구명줄까지 무너뜨려 버린 왕녀를 계속 모실 수는 없는 노릇이었다.

  결국 그들은 각자도생을 위해 떠났다.

  왕녀의 곁에는 제레미 아이언과 그의 종자만 남았다.

  지금과 같은 시대에 왕실에 대한 충성이 남아 왕녀를 모시는 건 아니다.

  국가에 대한 충성도 국민이 생존해 있어야 할 수 있는 법이다.

  대륙 전체가 멸망지경이 되고 있는 지금, 제레미가 왕녀의 곁에 남아 있는 것은 부녀지간의 감정과 비슷했다.

  "쿨럭!"

하지만 그마저도 이제는 글렀다.

오라클 남작령으로의 망명이 거절된 이상 죽을 수밖에 없는 운명이었다.

그가 곧 죽을 듯 피를 울컥 쏟자 샤론은 깊은 절망에 빠졌다.

"제레미 경!"

"전하……. 어서 피할 곳을 마련해야."

"나는 괜찮아! 그보다는 경이 괜찮아져야 해!"

제레미 아이언은 자신의 목숨이 얼마 남지 않았다는 사실을 알았다.

휴식을 취한다고 하여 나아지지 않을 것이다.

자신은 죽어도 괜찮지만 딸같이 아끼던 왕녀가 언데드에게 찢겨 먹이로 전락하는 장면은 상상만 해도 끔찍했다.

멸망한 왕국의 철부지 왕녀.

전처럼 신분을 내세웠다가는 반드시 죽임을 당할 것이다.

제레미 아이언은 왕녀의 손을 붙들었다.

"전하."

"제레미 경! 괜찮아?"

"아니, 샤론."

왕녀의 눈동자가 떨리며 눈물이 흘렀다.

그녀도 이대로라면 제레미가 죽는다는 사실을 직감했던

것이다.

"부디 현실을 자각하거라."

"나, 나는…….."

"왕국은 멸망했고 백성은 남지 않았다. 인간에게 멸망한 것과는 상황이 다르다. 너를 도와줄 귀족도, 세력도 남지 않았으니 신분이란 이제 아무런 가치가 없다."

"우윽! 알겠으니까, 죽지 마!"

"네 응석을 받아 줄 사람 따위는 남지 않았으니 계속 그리 행동한다면 머지않아 죽을 것이야. 그러니 샤론, 여신의 자비에 기대어 살아가도록 해라."

제레미의 시야가 암전됐다.

'이만하면 깨달았을까.'

그건 알 수 없다.

인간은 충분히 바뀔 수 있는 존재다. 하지만 높은 자리에 올랐던 사람일수록 추락했을 때 본인의 처지를 인지하기란 힘들었다.

짐승의 냄새가 진동하는 동굴 안.

한때 늑대의 굴로 썼던 곳인지 여기저기 털 뭉치가 굴러다녔다.

제레미 경은 누적된 부상과 피로가 겹쳐 기절했다.

숨은 쉬어도 결코 상태가 좋은 것은 아니었다.

피를 많이 쏟아 위중했으며 빠른 시일 안에 치료를 받지 않으면 사망할 것이다.

제레미 경의 종자가 위험을 무릅쓰고 약초를 구해 왔으니 효과가 있기를 바라는 수밖에.

샤론은 동굴 구석에서 쪼그린 채 충격에 휩싸였다.

"내 오만함으로 다 잃었어."

제레미 경은 기절하기 전, 그녀에게 진심 어린 충고를 했다.

[왕국은 멸망했고 백성은 남지 않았다. 인간에게 멸망한 것과는 상황이 다르다. 너를 도와줄 귀족도, 세력도 남지 않았으니 신분이란 이제 아무런 가치가 없다.]

하나씩 충고를 뜯어보니 틀린 말이 하나 없었다.

왕국이 멸망한 것은 사실이다.

유일한 왕족이라는 신분이 통하려면 왕국을 재건해 줄 수 있는 세력이 조금이라도 남아 있어야 한다.

지금은 적국에게 멸망한 것이 아니었으므로 신분이란 아무런 가치가 없다는 말도 맞았다.

"결국 나는 아무것도 아니었어."

라파논 왕국만 멸망했는가?

아니다.

그 강력했던 제국도, 이웃 왕국 베론도 멸망했다.

대륙 각지에 마물이 침공한 최악의 재해였다.

모든 제후가 각자도생하는 세상.

이런 지옥의 가운데, 그녀는 힘겹게 생존하고 있을 영주에게 오만을 부렸다.

이 얼마나 어리석은 행동인가.

"수도에서 빠져나온 순간부터 나는 평민일 뿐이었어. 세년 경."

"예, 전하."

"이제 그렇게 부르지 마. 나는 지금부터 평민이니까."

"……알겠습니다. 샤론 님."

"며칠만 제레미 경을 돌봐 줄 수 있어?"

"……."

세년은 묘한 눈으로 샤론을 바라봤다.

미심쩍을 만도 했다.

그녀의 실수로 망명이 거절된 참이었다.

그 때문에 남아 있던 근위병도 뿔뿔이 흩어졌다.

제레미 경도 샤론 때문에 죽을 고비를 넘기고 있었다.

세년은 샤론의 말을 믿을 수 있는지 가늠하는 것이다.

"지금 상황에서는 구명의 방도가 없어. 내가 가서 어떻게든 망명을 허락받고 도움을 요청하는 수밖에."

"3일입니다. 그 안에 신관이 오지 않으면 제레미 경은 사망합니다. 경이 사망하면 저 역시 이곳에 있을 이유가 없지요."

샤론은 고개를 끄덕였다.

신분을 내려놓자 세상이 다르게 보였다.

그녀가 실패하면 떠나겠다는 종자의 말에도 섭섭하지 않았다.

아론은 지난 며칠, 여기저기 옮겨 다니며 바쁘게 지냈다.

영토와 인구가 두 배로 확장되었다는 것은 그만큼 소모되는 식량도 늘었다는 뜻이다.

여러 문제가 산적해 있었지만, 지속적으로 아론을 압박하는 것은 단연 식량이었다.

파이온 자작령에는 빈민의 숫자도 많아 더욱 상황이 좋지 않았다.

아론은 금 모으기 운동을 전개하는 한편, 광산 개발을 서둘렀다.

"이게 최선이었나."

"죄송합니다. 예상보다 채굴량이 적습니다."

광산 개발을 맡아 진행했던 레미나 경은 면목이 없다는 듯 고개를 떨어뜨렸다.

상식적으로 며칠 만에 광산을 개발하고 채굴한다는 것은 말도 안 된다.

아론이 닦달한 이유는 시스템이 만들어 준 광산은 굳이 복잡한 개발이 필요 없다는 데 있었다.

고대에 채굴이 멈춘 금광이 발견되었다는 것이 나름의 설정.

문제는 갱도도 깊었으며 금맥이 거의 고갈되어 채굴량이 많지 않다는 것이다.

'이 정도로는 턱도 없이 부족하다. 최하급 광산이라 큰 기대는 하지 않았지만 실제로 보고를 받으니 처참하군.'

아론도 예상은 하고 있었다.

현실은 게임과 다른 법이었으니 좀 더 전문적인 방법으로 채굴하면 파종까지 버틸 수 있는 금이 나오지 않을까 기대했을 뿐.

한데 뚜껑을 따고 보니 키보드를 부수며 게임을 했던 그때의 상황과 별반 다르지 않았다.

"금 모으기는 어느 정도 진행됐나?"

"총 15만 골드가량입니다."

"광산에서 나온 금까지 환산하면 16만 골드인가."

"송구합니다."

"어쩔 수 없지. 기적을 행사할 준비를 해라."

"예, 주군!"

톡. 톡. 톡.

레미나 경이 나가자 아론은 집무실 의자에 앉아 테이블

을 손가락으로 두드렸다.

깊은 생각에 잠겼을 때 나오는 습관이다.

'어디 왕궁이라도 털지 않는 이상 금을 충당할 수 있는 방법이 없다. 지금 상황에서 할 수 있는 일은 최대한 광산의 인부를 충원하는 것이지.'

중세 시대의 채굴이란 쉬운 일이 아니다.

원시적인 도구로 금을 캐는 작업이 결코 쉬울 리 없다.

갱도도 깊어 중노동이 따로 없는 것이다.

지금은 괜찮아도 지속적으로 일반 백성들을 밀어 넣으면 문제가 발생할 수밖에 없는 구조였다.

이 때문에 신성 보호막 밖에서 생활하는 자작가 백성들이 들어오길 바라는 것이었는데, 아직까지는 입질이 없었다.

똑똑.

"들어와."

아론은 생각을 접었다.

이래저래 당면한 문제가 산더미 같았기에, 한 가지 일에만 매몰될 수는 없다.

이번에는 에리아 경의 보고였다.

"주군! 샤론 왕녀가 오라클 본령을 거쳐 이곳으로 오고 있습니다."

"분명히 쫓아냈을 텐데."

"지금은 혼자입니다. 후드를 뒤집어쓰고 있더군요."

"경의 분석은?"

"샤론 왕녀가 정신을 차렸을 가능성이 높다고 봅니다."

"왕녀가 정신을 차렸다?"

아론은 밋밋한 턱을 쓰다듬었다.

도저히 꺾이지 않을 것 같던 왕녀였다.

왕족 특유의 오만함은 물론, 자신의 처지를 깨닫지 못하고 있었으니 데리고 있어 봤자 전혀 도움이 되지 않을 것이라고 판단했다.

하지만 그녀가 정신을 차렸다면?

"그러면 문제가 좀 달라지는데."

"계속 감시합니까?"

"그러도록. 왕녀를 백성으로 받아들이면 추후 라파논 왕국에서 발생하는 난민을 받아들이기 쉬워진다."

"예, 영주님!"

아론은 왕녀를 버렸지만 지금 상태라면 보류해도 될 것 같았다.

도시 파이온.

아론은 파이온 자작령 본령을 흡수했을 때, 도시 이름을 바꾸어야 하나 고민이 많았다.

고민 끝에 내린 결론은 지명을 굳이 바꿀 필요는 없다는 점이었다.

백성들에게 익숙한 지명이기도 했고, 앞으로 영토가 끝도 없이 팽창할 텐데, 그때마다 지명을 바꾸어야 한다면 골치 아픈 일이 될 것이다.

모든 요새와 땅, 마을을 일일이 외우는 것보다 관습처럼 굳어진 이름을 사용하는 것이 편했다.

지난 며칠 동안 파이온에서는 많은 변화가 있었다.

온통 흙탕물을 뒤집어썼던 주택과 길을 청소하고, 그 김에 위생에 대한 개념을 주입시켰다.

홍수를 핑계로 깔끔하게 청소했더니 중세 특유의 썩은 냄새가 많이 빠졌다.

광장 한복판에는 신전 건설도 추진되었다.

지금은 주춧돌을 올린 수준이었지만, 신전 건설에는 지원자가 많아 빠르게 건설이 완료될 것으로 보였다.

오라클 본령과 마찬가지로 파이온 백성들 역시 신의 말씀으로 다스리겠다는 의지를 천명했다.

매일 여신을 팔아먹은 덕분에 통치 자체는 크게 문제 될 것이 없었다.

'이 때문에 퍼포먼스가 더욱 중요해졌지.'

광장에는 파이온의 모든 백성이 몰려나와 있었다.

아론의 명령을 받은 에리아가 거하게 소문을 냈기 때문이다.

[신성 군주께서 여신의 기적을 선보인다. 무에서 유를 창조하는 베일리의 권능을 보고자 하는 자, 광장으로 모여라!]

사람들은 신이 백성을 버리지 않았다는 증거를 원한다.

신성력이 존재하는 세상이기에 여신이 실존한다는 정도는 모두 인지하고 있었다.

단, 그 여신이 자신을 따르는 백성을 버리지 않았다는 증거가 있어야 했다.

아론은 신의 증거를 조작해 시스템을 유지하려 하는 것이었고.

광장 한복판에는 금과 은을 비롯한 재화가 쌓여 있었다.

그리 많지는 않은 양이다.

저벅. 저벅.

아론이 나타나자 백성들의 눈에 열망이 일렁거렸다.

신의 역사하심.

절망에 빠진 인간은 신을 찾기 마련이다.

아론은 신의 권위를 빌려 인간계를 통치한다.

매우 좋은 그림이었다.

쿵!

아론은 바닥에 무릎을 꿇었다.

군주는 왕을 제외한 누구에게도 무릎 꿇지 않는다.

유일한 예외가 있다면 신께 기도를 드릴 때였다.

"자애의 여신 베일리여, 당신의 백성을 굽어살피시고 무에서 유를 창조하는 기적의 역사를 행하소서."

스스슷!

재물(?)이 순식간에 사라졌다.

그걸 본 백성들은 충격에 휩싸였다.

오라클 본령에서 퍼포먼스를 했을 때보다 더욱 반응이 좋다.

아론은 상점 창을 열어 곧바로 기적을 행했다.

[총 보유 골드: 16만]

[하급 보급품 상자 x16을 구매하시겠습니까?]

[Y/N]

빛과 함께 허공에서 갑자기 튀어나온 상자들.

거대한 궤짝이 바닥에 떨어지자 백성들은 광신도로 변하기 직전이었다.

상자에서 식량이 나오면 그들의 믿음에 쐐기를 박을 수 있을 것이다.

아론은 슬쩍 고개를 돌려 경악으로 물든 소녀의 얼굴을 확인했다.

'철부지 왕녀, 보고 있나?'

기적이 일어나고 있는 현장.

군중 속에 섞여 신의 역사를 눈앞에서 본 샤론은 꽤나 큰 충격을 받았다.

'아론 오라클 남작이 신성 군주라는 소문은 사실이었어.'

샤론은 지난 3일 동안 오라클 영지를 여행하며 남작에 대한 조사를 병행했다.

워낙에 변방이었던 영지라 발전은 더뎠지만 백성들은 희망을 품으며 살아가고 있었다.

절망에 빠져 허우적거리던 라파논 왕국과는 전혀 다른 모습이었다.

그에 대한 평가도 대단했다.

[우리 남작님? 남작님이 아니셨으면 진즉에 멸망했지. 어떤 군주가 몸소 나서서 마물을 막겠니?]

[너는 타지에서 온 난민이겠구나. 영지민이면 그런 질문은 하지 못하거든.]

[이 땅은 신께서 내려 주신 마지막 보루야. 타지에서 왔으면 정말 운이 좋은 거야.]

백성들에게 절대적인 명망을 얻은 군주.

신정 일치 사회를 구현했으며 여신의 기적을 직접 보여 준다.

그 강력한 증거가 바로 신성 보호막이라고 한다.

과거를 버리고 제정신을 차린 샤론은 그 보호막이 정말로 마물을 막아 준다는 사실을 기억했다.

그리고 지금, 눈앞에 가장 강력한 증거가 드러났다.

빛과 함께 나타난 상자들.

쓸모가 없어진 재화를 여신께 공양하자 무에서 유가 창조되었다.

고풍스러운 재질의 상자는 결코 인간계의 것으로 보이지 않았다.

신심이 없던 샤론조차 무릎을 꿇고 성호를 긋게 되는 기적이었다.

모든 백성이 같은 반응이었다.

끼이이익!

상자가 열리자 식량이 가득 담겨 있었다.

어떤 상자에는 화살이, 어떤 상자에는 철광석이 담겨 있기도 했다.

"여신께서 응답하셨도다!"

"와아아아!"

백성들은 서로 얼싸안았다.

절망 가운데 피어난 희망.

여신이 보우하시기에 결코 영지는 무너지지 않을 것이다.

저벅. 저벅.

샤론은 뭔가에 홀린 듯 오라클 남작에게로 걸어갔다.

그는 병사들에게 지시하여 여신께서 내려 주신 양식과 각종 소모품을 창고로 옮기고 있었다.

쿵!

샤론은 아론 오라클 앞에 무릎을 꿇었다.

그녀는 어디서나 볼 수 있는 난민처럼 보였다.

후드를 벗자 남작의 눈에 이채가 어렸다.

"망국의 왕녀가 여기까지 왔군. 너의 오만은 죄다. 여기까지 기어오다니 간이 배 밖으로 나왔구나."

샤론은 머리를 바닥에 박았다.

"저희를 받아 주세요! 제가 어리석었어요!"

"받아 달라……. 타국의 왕녀라 하여 여러 요구를 할 것이 뻔한데, 내가 왜 그래야 하나."

"아니에요! 라파논 왕국은 멸망했고 저를 도와줄 백성도, 제후도 없어요. 그러니 평민으로 살고 싶어요."

남작은 잠깐 동안 샤론을 내려다봤다.

영혼이 꿰뚫리는 느낌이었다.

여신의 기적을 목도한 샤론은 신성 군주가 신의 사자처럼 보였다.

'내 마음을 들여다보고 있는 거야.'

남작이 피식 웃으며 말했다.

"드디어 자기 객관화가 되었군."

망국의 왕녀가 망명을 요청했다.

그녀가 오만하게 굴었다면 다시 추방했을 것이다.

하지만 이번에는 달랐다.

"여러 환경이 그녀를 변하게 했군."

아론은 그렇게 확신했다.

그녀가 3왕녀였다면 갱생의 여지가 없다고 판단해 내쳤을 것이다.

그건 디펜스 워의 '고인물'로서 확신할 수 있었다.

게임 내에서도 2왕녀는 갱생의 여지가 있었다.

종종 갱생이 되지 않아 버려야 할 때도 있었지만, 여러 환경의 변화를 주면 알아서 자기 객관화를 한 후 뛰어난 능력을 발휘하기도 했다.

지금이 그런 경우였다.

적국에 가까웠던 왕국의 영지로 망명을 오는 주제에 오만함을 드러냈으니 아론은 쫓아낼 수밖에 없었다.

마물 가득한 땅에 던져졌으니 일행 대부분은 사망했을 터다.

제레미 아이언 단장이 없는 것을 보니 이미 죽었거나 크게 다쳤을 가능성이 높았다.

극한의 상황에서, 아이언 단장의 유언 정도면 그녀가 변화하는 것도 충분히 이해할 수 있었다.

다만, 아론이 왕녀를 컨트롤하고 쓸 수 있는지는 확인해 봐야 한다.

남루한 차림으로 찾아온 샤론을 우선은 씻게 했다.

그사이에 행정관 겸 기사 레미나 경을 호출했다.

"찾으셨습니까?"

"……."

아론은 집무실에서 레미나 경과 단둘이 마주했다.

그녀는 오직 사무적으로 대하겠다는 듯 눈조차 마주치지 않았다.

며칠 전부터 그랬다.

아론으로서는 썩 달갑지 않은 일이었다.

"편히 앉아라."

"아닙니다. 서 있는 것이 편합니다."

"내가 불편해."

"예, 그럼."

집무실 소파에 앉은 레미나 경은 매우 불편해 보였다.

특히 아론이 직접 차를 타오자 절정에 달했다.

"주군! 왜 이러세요?"

"아끼는 기사에게 차 한 잔 대접도 못 하나."

"아무리 그래도 이런 법은……."

"세속의 법은 무너진 지 오래다."

아론은 샤론이 오기 전에 레미나 경과 잠시 티타임을 가졌다.

그녀는 시종일관 불안한 기색이었지만.

"레미나 경, 내가 뭐 잘못한 것 있나."

"다, 당치도 않으십니다."

"그런데 요즘 왜 그래?"

"그거야……."

레미나 프레일의 눈동자가 가늘게 떨렸다.

아론도 그 이유는 알고 있었다.

디펜스 워에서 레미나 프레일은 주인공에게 호감을 느끼도록 '설정' 되었기에 속으로 괴로워 하고 있는 것이 틀림없었다.

아론도 레미나에게 감정을 느끼지 않도록 노력하는 중이다.

두 사람이 맺어지는 순간, '함정' 이 발동되기 때문이다.

그렇다고 군주와 기사가 거리를 두는 것은 썩 좋은 일이 아니다.

"나는 경을 아낀다."

"항상 감사하고 있습니다."

"경은 내게 거리감을 느끼고 있지."

"죄, 죄송합니다."

"그러지 마라. 이 세상은 암흑으로 가득 차 있다. 우리는 서로를 신뢰해야만 해."

"당연히 주군을 신뢰하고 있습니다!"

"우리는 군신의 관계다. 그 사실을 잊지 말도록 해라."

"……네."

이 정도면 레미나도 알아먹었을까?

호감을 느끼는 것과는 별개로 충성에 관련된 부분은 명확하게 해야 하는 것이다.

그렇기에 레미나와 아론의 관계는 꽤나 복잡했다.

똑똑.

약간 어색한 공기가 흐를 즈음, 깔끔하게 씻은 샤론 왕녀가 들어왔다.

나이 15세.

은발이 꽤나 인상적이며 레냐와 동갑이다.

그럼에도 발육(?)이 상당해 겉으로 봤을 때는 성인인지, 청소년인지 구분이 잘 되지 않는다.

저벅. 저벅.

샤론은 아론의 발치에 무릎을 꿇었다.

"부름을 받고 왔어요."

아론과 신경전을 벌이던 레미나조차 어안이 벙벙한지 고개를 갸웃거릴 지경이었다.

그녀도 국경에서 무슨 일이 있었는지 들어서 알고 있었다.

오만한 왕녀가 매우 무례하게 굴었기에 쫓겨났다는 것.

며칠 만에 사람이 이렇게 바뀌니 진심인지 의심마저 됐다.

"내가 너를 어찌 믿을까."

"여, 여신의 이름으로 충성을 맹세하겠어요!"

"충성을 맹세해? 너는 왕녀다."

"세상의 법과 질서는 무너지고 모든 국가가 멸망했죠. 이런 상황에 왕족이란 신분은 아무런 의미도 없다고 생각해요."

"제법 기특한 생각을 했군."

"제레미 경의 유언이었어요."

"그는 죽었나?"

"지금 사경을 헤매고 있어요! 부디 제레미 경을 구원해 주실 수 없을까요?"

"흠."

'대박인데?'

아론은 고민하는 척했지만 월척을 낚았다고 생각했다.

제레미 아이언.

그는 멸망한 라파논 왕국의 왕실 기사단장이며 상급 기사였다.

아직 3챕터도 진행되지 않은 초반부에 상급 기사를 얻기란 쉬운 일이 아니다.

'사경을 헤매고 있다니 구할 수 있을지는 확신할 수 없지.'

제레미 경이 죽었어도 상관없다.

그를 구원하려는 모션을 취했다는 것만으로도 이 철부지 왕녀의 충성심을 끌어 올릴 수 있을 테니까.

"왔던 길은 기억하나."

"네! 산을 내려오면서 매듭으로 표시를 해 두었어요!"

아론이 지도를 가져와 그녀에게 길을 표시하게 했다.

사실 그들의 이동 경로는 뻔했다.

국경에서 쫓겨난 즉시 가까운 산으로 들어갔을 것이다.

산속에서는 적당한 동굴이나 은신처에 몸을 숨겼을 것이고.

다행히 그녀가 산을 내려오며 길을 표시해 두었다니 병력을 급파하면 내일 아침 정도에는 도착할 것이다.

"보내지."

"가, 감사합니다!"

아론은 칼슨 경과 세이라를 불러 곧바로 출장을 보냈다.

제레미라는 인물은 그 자체의 무력만으로도 특급 인재였지만, 라파논 왕국에 미치는 힘을 무시하지 못한다.

아론에게 충성의 서약을 하게 된다면 효과적으로 라파논 왕국 출신을 등용할 수 있을 터.

물론 정치적인 영향력은 샤론 왕녀가 더 클 것이긴 했다.

조치를 마쳤으니 그녀를 부려 먹기 위한 보직을 내려야 한다.

"레미나 경."

"예, 주군."

"수학에 통달한 인재가 있다면 어디에 배속하겠나."

"수학이라……."

중세라고 수학이 등한시되는 것은 아니다.

인구 통계를 내고 재무 관련 일을 맡아 처리하며 여러 분야에 관여한다.

심지어는 건설과 농업에 동원돼 치수를 재기도 하였으니, 어디에 배속해야 할지 난감할 지경이었다.

"행정 전반을 담당하는 것이 좋을 것 같습니다."

"그렇지?"

"동시에 레냐 아가씨의 수학 교사가 된다면 더할 나위가 없겠군요."

"……!"

아론의 말에 샤론의 눈동자가 흔들렸다.

"제가 수학을 잘한다는 사실을 어떻게 아셨나요? 그저 취미 생활이었는데……."

"여신께서는 모르는 일이 없으시다."

"……."

여신을 들먹이자 샤론의 몸이 움찔거렸다.

그녀는 방금 기적을 목도했다.

아론에게 계시했다는 것을 믿을 수밖에 없는 것이다.

"그것이 너의 사명이다. 레냐는 뛰어난 마법사야. 행정

업무를 보며 수학을 가르치도록 해라."

"네, 영주님."

샤론의 문제까지 처리하고 난 아론은 와인을 한 잔 따른
후 테라스로 나왔다.

완전히 어둠에 잠긴 도시.

안타까운 일이지만 이 시대에는 해가 지면 일을 끝낼 수
밖에 없었다.

관료들도 해가 지면 일을 끝내기 마련이다.

물론 아론은 잠시 쉬었다 일을 해야 할 팔자였다.

잠시의 여유를 가질 뿐.

"한 달 분량이라……."

아론은 도시를 탈탈 털어 돌린 가챠를 확인했다.

[밀 10톤]
[화살 3천 발]
[철광석 4톤]

이번에는 정말 운이 좋았다.

10만 골드를 사용했을 때에 비하면 그 두 배에 달하는
식량을 얻었으니까.

문제는 그래 봐야 보름치 식량이라는 것이다.

"쯧, 언제는 이지모드였나."

인구, 식량, 소모품 등등 모든 것이 부족했다.

난이도 높은 세상에 갑자기 대량의 식량이 등장하는 것
도 말이 되지 않는 일이다..

이번 가챠는 이 정도로 만족해야 한다.

슬슬 4차 웨이브도 대비할 때였다.

"악마에게 침식된 영지. 군대보다 강력한 놈들이 온다."

난이도가 대폭 증가할 예정이었다.

4차 침공에는 왕도가 없다.

병력을 늘리고 성벽을 보수하는 수밖에.

"이번이 변곡점이야. 다행히 왕녀가 제정신을 차리고 충
성을 맹세하였으니, 적극 이용해야 한다."

제7장
국경 요새 하르덴

챕터 3.

튜토리얼까지 포함하면 4차 침공이 된다.

초반부터 미친 난이도를 자랑하는 디펜스 워답게 강력한 적이 준비되어 있었다.

아론이 4차 침공을 변곡점으로 생각한 이유는 바로 보상에 있었다.

강력한 보스가 등장하지만 최초의 침공 네임드를 죽이는 것이었으므로 확정적으로 레어 아이템을 드랍한다.

운이 좋으면 유니크 아이템을 노려볼 수도 있었으며 영지 운영에 상당한 도움을 주는 시스템도 열린다.

문제는 네임드를 공략할 때 성유물이 필요하다는 데 있었다.

악마에게 침식된 보스는 일반적인 무기로 큰 타격을 입힐 수 없다.

아론은 신성력을 사용했기에 어느 정도 버틸 수 있을지 몰라도 지금 상태로는 반드시 죽는다.

성유물을 구하는 루트는 여러 방향이었으나 아군 네임드 제레미 아이언과 성기사 말도르 경이 있었으므로 서쪽으로 가야 한다.

단, 그러한 위험을 무릅쓰기 위해서는 그만한 명분이 필요했다.

촤악!

아론은 지도를 폈다.

톡. 톡.

라파논 왕국 국경 요새 하르덴.

전성기 시절에는 수천이나 되는 병력이 주둔하고 있었으나, 지속적인 침공을 받으며 수백의 병력이 힘겹게 버티고 있었다.

아론이 속한 베론 왕국과는 잠재 적국으로 분류될 만큼 사이가 좋지 않았기에 제레미 아이언이 아군으로 편입되지 않았다면 찔러 볼 생각도 하지 않았을 것이다.

머릿속으로 할 일이 정리됐다.

"하르덴의 병력을 구원한다는 명목으로 군을 움직이고, 가는 길에 성유물을 습득한다."

이 루트는 제레미 아이언이 치료되어야만 가능한 일이다.

제리미 경이 죽으면?

안타깝지만 다른 루트를 고려할 수밖에 없다.

제레미 아이언은 꿈을 꾸었다.

지금으로부터 10년 전의 과거.

자신이 다스리던 땅에 마물이 침공하여 영지는 전멸하고, 가족들은 악마에게 찢겼다.

그 일에 충격을 받은 제레미는 다스리던 영지를 포기했으며 왕실 기사단장이 되었다.

술에 절어 살았던 6개월, 왕궁으로 돌아와 수련과 일에 매진하길 2년 6개월이다.

트라우마는 여전히 극복되지 않았으며 고통은 심해져만 갔다.

그러던 어느 날, 제레미는 2왕녀를 호위하라는 명령을 받았다.

파노라마처럼 흘러가는 기억 속에 그는 샤론과 만났던 날을 떠올렸다.

[메린……?]

[메린이 누구야?]

[아, 아닙니다. 아는 사람과 너무 닮으셔서 착각했군요.]

[나는 샤론이야! 앞으로 잘 부탁해!]

죽었던 딸이 생환한 줄 알았다.

그 이후, 제레미는 국왕에게 부탁해 2왕녀의 호위를 전담했다.

딸을 닮은 샤론 왕녀와 함께했던 행복한 나날들.

결국 제레미는 쓰러졌으나 그녀만큼은 살렸으니 그저 잘 살아가길 바랄 뿐이었다.

죽은 듯 잠들어 있던 제레미의 눈꺼풀이 떨렸다.

눈을 뜨자 눈앞에 샤론 왕녀가 있었다.

'여긴 천국인가?'

분명 자신은 죽었을 터다.

장시간에 걸쳐 피를 많이 흘렸으니 살아남을 수 없다.

오랜 시간 전쟁에서 살아온 기사였기에 잘 알고 있었다.

그는 샤론도 죽었다는 결론을 내렸다.

"나는 네가 살아남았으면 하는 바람이었다."

"……."

"너를 딸로 생각했다면 조언을 아끼지 않았어야 했어. 나의 실책인 것 같구나."

"정신이 들어?"

"여긴 천국이니?"

"아직 그럴 때가 아닌가 봐."

"……!"

제레미는 깜짝 놀라 몸을 일으켰다.

그의 몸은 붕대로 칭칭 감겨 있었다.

허름하지만 깔끔하게 청소된 방.

고통은 느껴지지 않았다.

어떻게 된 일인지는 몰라도 살아남은 것이다.

"저, 전하. 제가 잠시 착각을 한 모양입니다."

"제레미 경, 나는 신분을 버렸어."

"예……?"

"신성 군주에게 충성을 맹세했거든."

"아아."

평소 보았던 샤론이 아니다.

수도를 탈출해 지금까지 오는 여정 동안 생각이 바뀐 것이 틀림없었다.

'그동안 많은 일이 있었던 모양이군.'

천만다행이다.

어찌 된 일인지는 차차 알아보면 된다.

"그런데 제레미 경."

"예, 샤론 님."

"정말로 나를 딸로 생각했었어?"

"물론입니다."

샤론의 얼굴이 환해졌다.

"앞으로도 잘 부탁해, 아빠!"

제레미의 동공에 지진이 일어났다.

그녀의 모습을 보니 자신을 구하기 위해 동분서주했던 것이 틀림없었다.

그게 아니면 그의 생환은 도저히 설명이 되지 않았다.

제레미의 입술이 달싹거렸다.

"그래……. 앞으로도 너는 내 딸이다."

제레미 경의 방을 나오는 샤론의 마음은 충만해졌다.

온 세상이 어둠에 잠겨 있다고 생각했었는데, 신성 군주라는 울타리와 마음을 둘 수 있는 아버지가 생겼던 것이다.

수도를 출발해 지금까지, 이토록 마음이 가벼운 적이 없었다.

'행복을 계속 유지하려면 맡은 일에 최선을 다해야 해.'

원래 샤론은 총명한 아이였다.

오만에 절어 세상을 보는 눈이 왜곡되어 있었을 뿐이다.

정신을 차리자 자신의 위치와 처지가 어떤지 정확하게 인지할 수 있었다.

안전한 보호막 안에서 살아갈 수 있는 것은 모두 신성 군주의 덕분이다.

아론 오라클이 그녀에게 레냐를 교육하라고 명령했으니,

영주의 혈육에게 수학을 가르칠 것이다.

공부방에는 아직 레냐 오라클이 도착하지 않았다.

달칵.

그녀는 창문을 열고 도시를 내려다봤다.

깔끔하게 정리된 도시는 백성들이 바쁘게 오가며 맡은 일에 매진하고 있었다.

[일하지 않는 자, 먹지도 말라.]

사지 멀쩡하면 누구든 일해야 한다.

앞으로 샤론은 행정 관련 일을 처리하며, 정해진 시간에는 수학을 가르치게 될 것이다.

"네가 샤론이니?"

"……!"

불쑥 머리 하나가 튀어나왔다.

굳이 자기소개를 하지 않아도 그녀가 누군지 알 수 있었다.

'아론 오라클 영주와 판박이야.'

고작 10살 정도로 보이는 소녀였지만, 피는 못 속이는 법이다.

금발 금안에 뚜렷한 이목구비까지.

아론 오라클의 여동생이라는 것쯤은 쉽게 짐작할 수 있

었다.

"아가씨를 뵙습니다."

"딱딱하게 왜 그래?"

"저는 신분을 벗고 평민이 되었습니다. 그야 당연히……."

"우리 친구 할까? 내가 이래 봬도 15살이라고."

믿기 힘들지만 사실이었다.

발육이 빠른 자신과는 10살 정도 차이가 나 보였지만 동갑이 맞다.

이런 세상에서는 또래 친구를 찾기 힘든 법.

샤론은 그녀를 바라보며 환하게 웃었다.

"그래!"

파이온 시청.

이곳은 본령이 시(市)로 격하됨에 따라 시청이 되었다.

당연하게도 아론은 봉건제를 고수할 생각이 없었다.

멸망해 가는 세상에서 봉건제는 전혀 맞지 않은 체제였다.

아니, 봉건제 자체가 애초에 심각한 한계를 가지고 있었다.

대륙 유일의 군주로 군림하기 위해서는 강력한 신정 일치와 중앙 집권을 구축해야 한다.

파이온 시는 아론이 얻은 최초의 영지 단위 땅이었기에

시작부터 단추를 잘 꿰어야 했다.

도시는 봉신에게 분봉하는 것이 아니라 관리를 파견해 다스리게 된다.

아론은 다음 챕터를 클리어하기 위해 기사들을 호출했다.

재무를 담당하는 카일은 여전히 본령에 있었고, 행정관 레미나 경은 인구 조사와 토지 조사, 도시 복원 등의 업무로 바빴다.

잭슨 경도 신병 교육을 하느라 참석하지 못했다.

바이렌 라블린 역시 치안을 유지하느라 불참했으므로 회의에 참석한 기사는 몇 되지 않았다.

이 자리는 제레미 아이언이 처음으로 참석했다.

실내에 묘한 긴장이 흘렀다.

그는 며칠 동안 사경을 헤매다 일어났기에 아군에 편입이 될지 말지 알 수 없었기 때문이다.

아론은 기사들에게 제레미를 소개했다.

"제레미 아이언 경이다. 인사하도록."

"……."

기사들은 썩 내키지 않는다는 표정이었다.

적인지, 아군인지 알 수 없다면 배척하는 것이 당연한 일이다.

쿵!

그런 분위기를 알았기 때문일까.

제레미는 아론의 발치에 무릎을 꿇었다.

쫘직!

그가 머리를 박자 대리석에 살짝 금이 가며 이마에서 피가 터졌다.

중세에서는 나름 멋이라 생각할지도 모르겠지만, 아론이 보기에는 굉장히 무식한 짓이었다.

"신성 군주 아론 님! 당신의 자비로움으로 목숨을 구했습니다! 당신은 이 세상의 유일한 등불이시니 제 앞길을 밝혀 주시길 간청드리나이다!"

"오라클 가문의 기사가 되겠다는 건가."

쿵! 쿵!

제레미가 머리를 박을 때마다 피가 사방으로 튀었다.

아론의 옷에까지 튈 정도라 말리고 싶었지만 그럴 분위기가 아니었다.

늘 하던 대로 가면을 쓸 수밖에 없었다.

"여신의 이름으로 충성을 맹세하니, 기용해 주신다면 몸이 가루게 되도록 일하겠나이다."

"기사단의 말석이라도 괜찮다면."

"이 목숨은 이제 당신의 것입니다."

요란한 충성 맹세가 끝났다.

그제야 기사들도 경계심을 풀고 인사를 나누었다.

충성을 하는데 여신의 이름을 빌렸다는 것은 매우 무거운 맹세다.

"잘 부탁합니다. 마이어 단장이오."

"예, 단장님. 소와 말처럼 부려 주십시오."

"칼슨입니다!"

"말씀 많이 들었습니다."

분위기가 꽤 훈훈해졌다.

이제 아론은 기사들을 모은 이유를 설명했다.

"라파논의 국경 요새 하르덴의 병력을 구원한다."

"……!"

샤론과 제레미는 아론의 말에 깜짝 놀랐다.

요새의 병력을 구원한다니?

수도까지 무너진 판국에 국경 요새가 온전할 것이라고는 장담할 수 없었다.

하지만 기존의 기사들은 한 치도 의심하지 않았다.

아론의 말이라면 돌멩이가 황금이라 우겨도 믿을 정도였으니까.

'겸사겸사 성검도 얻는다.'

제레미 경이 편입되지 않았다면 다른 루트로 갔을 것이다.

성검 홀로랜스를 얻는 과정은 꽤 험난하여 이 정도 멤버로 구성하지 않는다면 다른 루트를 타는 것이 낫다.

제레미 경이 존재했고, 말도르 경도 성기사로 전직(?)했으니 가능한 계획이었다.

명분은 단 하나로 퉁친다.

"여신께서 계시하셨다. 병력이 많지 않지만 일부는 여전히 살아남아 농성 중이다."

"강군으로 소문난 라파논의 중앙군이라면 많은 도움이 될 겁니다."

"그들의 충성을 받아 낼 수 있다면 반드시 구출해야 합니다."

마이어 경을 비롯한 기사들은 진지하게 계획을 검토했다.

의심 없이 따르는 기사들을 보며 제레미는 잠시 혼동이 올 정도였다.

'신성 군주에 대한 소문은 많이 들었다. 지금껏 수많은 기적을 행했다지.'

여신께서 계시했다는데, 그 말이 틀리면 신성 군주의 권위가 흔들린다.

웬만한 확신이 아니고서야 이렇게 공언하기 힘들다.

신정 일치란 그런 것이다.

여신의 이름을 들먹이는 순간 반드시 이루어져야 한다는 것.

'신성 군주가 헛소리를 할 이유는 어디에도 없으니, 중앙군 일부를 편입하는 것은 매우 합당하다.'

"나와 마이어 경, 제레미 경, 말도르 경이 간다. 병력은

전원 기병이다. 단, 중갑을 입고는 멀리 가지 못하니 경무
장을 한다. 준비는 마이어 경이 해라."

"예, 주군!"

"에리아 경은 영지 남쪽의 베르칸 백작을 조사한다."

"이유를 여쭈어봐도 되겠습니까?"

"백작이 악마에게 홀렸다. 곧 대군을 조직할 것이니 병
력과 보급, 영지의 분위기 등을 살피도록."

기사들의 눈동자가 잠시 흔들렸다.

백작 정도의 대귀족이 악마에 홀렸다니?

그들이 자신의 군주를 바라봤지만, 아론 오라클은 한 치
의 흔들림도 없었다.

이번에도 충분히 막을 수 있다는 뜻이다.

쿵!

에리아 경은 바닥에 머리를 찧으며 복명했다.

"명을 따르옵니다!"

"어……. 주군? 저는 뭐 할까요?"

칼슨이 머리를 긁적이며 물었다.

아론은 이 철없는 부관에게 간단한 임무를 내렸다.

"너는 동쪽을 주시해라."

"동쪽은 왜요?"

"슬슬 노동자……. 아니, 죄인들이 올 때가 됐거든."

파이온 자작령 동부.

소영주를 따르는 무리는 150명까지 늘어났다.

상당한 병력을 모았다고 볼 수 있지만, 마을을 지날 때마다 무차별적으로 징집했으니 숫자만 채웠던 것이다.

소년과 노병이 대부분이고, 그마저도 강제 입대를 시킨 것이었기에 사기는 최악이었다.

소영주가 이야기하는 대의가 생존에 관련된 내용이었다면 이 정도로 사기가 낮지는 않았을 것이다.

[우리는 가문 대대로 내려오는 영토를 수복해야 한다!]

[마을에 남아 있는 식량은 본 영주가 징발할 것이다.]

[식량이 없다고? 너희는 대의조차 없는 것이냐! 평민 따위의 생존보다 귀족 가문의 번영이 우선이다!]

선대 영주의 장례조차 치르지 않은 주제에 영주를 참칭하였으며, 백성보다는 자신의 안위만 생각했다.

선대 영주의 시신이 없더라도 간단히 장례를 치렀어야 옳다.

백성을 챙기는 시늉이라도 하는 것이 옳은 통치인 것이다.

간신히 생존해 나가고 있는 마을에 들러 한 푼의 가치도 없는 명분을 주장하며 식량을 징발하니 사실상 강탈이나 다름없었다.

그의 횡포는 신성 군주와 모든 면이 비교되었다.

굳이 젠트라 오마르가 공작을 펴지 않아도 병사들이 신성 군주에 대한 소문을 퍼뜨렸다.

[아론 오라클 영주는 백성을 최우선으로 생각하더라고.]

[여신의 축복이 미치는 땅에는 신성 보호막이 있어 마물의 침공을 막아 주더라.]

[여신의 사도로 선택된 오라클 남작은 빈민조차 버리지 않는다. 그에 비해 자칭 영주라는 작자는 정말······.]

힘겹게 전진하는 병사들은 지쳐 갔다.

내부에서 불만이 고조되어 폭발 직전이었다.

그때마다 말린 것은 젠트라 오마르였다.

고향 마을에는 그레넌 파이온이 심어 둔 정보원이 있었다.

잘못하면 가족들의 목숨이 날아갈 것이기에 어쩔 수 없이 병사들의 불만을 억눌러야 했다.

하지만 지금, 젠트라의 억눌렸던 마음이 폭발하기 직전이었다.

"아들아······."

"아, 아버지."

젠트라의 고향 보르젠 마을은 반쯤 폐허가 되었다.

한바탕 마물이 휩쓸고 지나간 모양인지 주택은 반파되었고 시신이 즐비했다.

홍수의 피해가 복원되기도 전에 몬스터가 쳐들어왔을 것이니 막지 못하는 것도 당연하다.

이는 선대 파이온 영주가 영지의 방어를 도외시하고 오라클 영지에 전 병력을 꼬라박은 결과였다.

아들의 곁에는 죽은 아내의 시신이 있었다.

"어머니를 지키지 못했습니다."

"괜찮다. 너의 잘못이 아니다."

'파이온 가문의 탓이지 어찌 네 탓이겠느냐?'

아내의 죽음에 가슴이 미어지는 가운데 그레넌의 목소리가 들렸다.

"아들이 장성했군."

고작 15살이다.

또래치고 키가 큰 것은 맞지만 성인식도 치르지 않은 소년이었다.

"입대시키도록."

"……!"

그 순간, 젠트라에게 남아 있던 한 줌의 이성이 날아갔다.

'오래 참았다. 너는 반드시 죽을 것이야.'

파이온 영지 보르젠 마을.

칼슨 네드반은 주군의 명령을 받고 파이온 영지를 정찰했다.

정확하게는 소영주 무리가 어디쯤에서 이동하는지 확인하고, 그들의 행동을 살피라는 명령이었다.

이에 발 빠른 병사 50명을 선발해 여기까지 이동해 온 것이다.

물론, 몬스터를 정리하며 훈련을 겸하는 목적도 있었다.

마침내, 작은 마을에서 소영주 일행을 발견했다.

무려 150명으로 불어난 병력이었다.

'숫자는 많지만 죄다 노인에 소년뿐이군. 이래서야 제대로 된 병력이라 할 수도 없겠어.'

자작가 정규군의 숫자는 반으로 줄었다.

전투에 쓸모없는 백성은 죄다 쳐 냈으며, 무차별 징집으로 숫자만 불린 것으로 보였다.

그들을 지켜보고 있던 칼슨은 동쪽에서 언데드 무리가 접근해 오는 것을 발견했다.

그 사실을 경고해 줄 의리는 없었기에 가만히 지켜보고 있었다.

멍청한 소영주는 척후조차 운영하지 않았으므로 언데드의 접근을 허용하고 말았다.

곧 전투가 시작됐다.

그레넌 파이온이 고래고래 소리를 지르며 적을 막으라고 닦달했지만, 제대로 된 무기조차 없는 병력이 언데드 군단을 막을 리는 만무했다.

고작 100마리의 언데드에 속절없이 밀렸다.

"칼슨 경! 도와야 하지 않을까요?"

빡!

"컥! 왜 때려요!"

"이 무식한 놈아! 바보냐? 그레넌 파이온이 지휘하는 군대를 우리가 왜 도와?"

그레넌은 오라클 영지를 치기 위해 무차별 징집을 해 왔다.

그런 군대를 돕는다고?

상식적으로 말이 되지 않는다.

하나둘 급조한 군대가 무너지고 있었다.

순식간에 그레넌의 군대는 언데드 군단에게 둘러싸여 물어 뜯겼다.

"어? 소영주를 누구도 지키지 않는데요?"

"엉?"

칼슨 네드반은 소영주 쪽을 바라봤다.

정말이었다.

일선에서 소영주를 지켜야 할 기사단장은 되레 그쪽으로 몬스터를 유도하기까지 했다.

병사들도 마찬가지였다.

자신에게 달려드는 언데드는 떨쳐 냈지만 소영주 쪽으로 파고드는 놈은 막지 않았다.

"끄아아아악!"

마침내, 소영주의 비명 소리가 길게 울려 퍼졌다.

"씨발! 개자식들아! 내가 너희들의 영주다!"

그레넌의 사지가 하나하나 뜯겼다.

좀비들은 먹음직스런 다리부터 뜯어 갔으며 팔과 배를 차례대로 파먹었다.

마지막에는 심장이 꺼내지며 그레넌의 목숨이 끊어졌다.

그 모습을 본 칼슨은 슬며시 웃었다.

"소영주가 어지간히 밉상으로 굴었던 모양이네."

"여전히 저들을 구하지 않습니까?"

"아니지. 이러면 말이 달라져. 우리는 정찰을 나왔고, 우연히 저들을 도운 거다. 알간?"

"예!"

칼슨은 매우 기쁜 마음으로 젠트라의 군대를 도왔다.

죄다 징집병이라 힘을 쓰지 못하는 군대와 다르게 칼슨이 데려온 자들은 정예 중 정예였다.

무장도 튼실했으며 사기도 높았다.

칼슨과 정예 병사들이 원군으로 오자 젠트라의 군대도

기가 살아났다.

100마리의 언데드 따위는 빠르게 정리됐다.

"칼슨 경!"

"젠트라 경, 무사하셨군요."

"대체 여기는 어떻게 오셨습니까?"

"외곽으로 정찰을 나왔다가 길을 잃었지 뭡니까? 정말 우연히 발견하여 돕게 되었습니다."

젠트라는 속으로 미소를 지을 뿐이었다.

'말도 안 된다. 신성 군주께서 지켜보라 구원 병력을 보내신 것이다.'

젠트라 경이 보기에는 소영주만 사라지면 온전하게 자작령을 흡수할 수 있다고 생각했다.

칼슨의 입장은 전혀 달랐지만 말이다.

그는 주군의 당부를 떠올렸다.

[그들은 광산의 인부로 활용할 것이다. 칼슨 경도 잘 알고 있을 거야. 어떻게든 금을 채굴해야 식량을 마련할 수 있다는 것을.]

[최대한 살려서 데려오겠습니다!]

[중요한 것은 명분이다. 소영주가 죽기 전까지는 주시만 하고 있어라.]

그들은 몇 년 동안 준영지민 신분으로서 노역해야 한다.

아론 오라클이 신성 군주이기에 '노예'라는 말은 사용하지 않았지만, 사실상 파이온 영지 사람들은 노예로 이용되는 것이나 다름없었다.

젠트라 오마르도 그 사실은 알고 있을 것이다.

'자, 젠트라 경, 어찌 나올 거야?'

젠트라의 입이 열렸다.

"다들 신성 군주에 대한 이야기는 들었을 것이다."

"……."

사람들의 눈이 반짝였다.

여기까지 오는 동안 귀가 닳도록 들었다.

오직 신성 군주만이 여신의 가호를 받는 귀족이라고.

오라클 영지가 지상 낙원은 아니지만 지옥으로 변한 대륙에서 유일한 안식처였다.

"우리는 신성 군주의 제안을 한 번 거절했다. 그러니 남작령으로 간다고 하여도 당분간 사상을 검증받게 될 것이다. 죄인의 신분이라 한들, 매몰차게 거절하지는 않을 터. 남아 있는 백성 전원을 모아 여신의 땅으로 간다!"

"와아아아아!"

사람들의 얼굴에 희망이 피어났다.

다행히 이들은 자기 객관화가 잘 되어 있었다.

죄인의 신분으로 오라클 영지에 몸을 의탁하게 된다는

사실을 인지하고 있는 것이다.

칼슨은 그들을 바라보며 웃었다.

'주군께서 기뻐하시겠는데?'

칼슨 네드반이 파이온 영지의 남은 병사들과 전 백성들을 오라클 영지로 이주시키기 위해 동분서주할 무렵이었다.

아론은 50기의 기병을 이끌고 빠르게 서진했다.

최종 목표는 성검 홀로랜스를 얻는 것.

그 과정에서 명분이 되는 하르덴 요새를 구원해야 한다.

반나절을 빠르게 달려온 일행은 요새까지 한 시간을 남긴 후 잠시 쉬었다.

가자마자 전투를 벌여야 할 것이 뻔했기에 이쯤에서 한 번 쉬어 주는 것이 현명한 판단이다.

전력 질주하느라 지친 말에게도 여물과 물을 주고 쉬게 했다.

병사들은 익숙하게 육포를 꺼내 먹었다.

영주인 아론도 마찬가지였다.

육포를 구워 물과 함께 씹어 삼켰다.

'이게 육포라니.'

문제는 육포의 맛이다.

향신료는 전혀 들어가지 않은 음식이다.

살짝 소금만 쳐서 말린 것이었으므로 노린내가 심했다.

야생 동물을 잡아 육포로 만들었으니 오죽할까.

지구에서 먹었던 맛과는 비교조차 할 수 없었다.

다들 말없이 식사를 마치고 휴식을 취했다.

'내가 언젠가는 식문화를 바꾸고 만다.'

아론은 혀를 한 번 차고 제레미 경의 얼굴을 바라봤다.

예상대로 그의 표정은 엄청 복잡했다.

"걱정되나."

"갈등이 있을 수도 있기에 그렇습니다."

"설득하는 것은 경의 몫이다. 그들을 구원한다고 한들, 오라클 영지로 오는 것을 포기한다면 강제로 끌고 갈 수는 없는 노릇이다."

"결코 그리 만들지 않을 것입니다."

"그래, 여신께서 짚어 주셨으니 뜻이 있으신 거겠지."

여신을 팔아먹었지만, 힘겹게 버티고 있는 국경 요새 병사들이 제레미를 따르지 않을 가능성은 제로에 가깝다.

꿈도 희망도 없는 곳에 왕실 기사단장이 등장했다.

왕녀까지 들먹이면 금상첨화다.

아론에게 충성을 맹세했다지만 정치적으로 막강한 영향력을 가진 왕녀와 왕실 기사단장이라면 따르지 않을 도리가 없는 것이다.

그 이후에는?

정신 교육과 퍼포먼스로 신앙심을 강제 주입하면 된다.

계산을 끝낸 아론의 표정은 매우 편안했다.

제레미 경은 여전히 걱정이 많았지만.

"베론 왕국과 라파논 왕국은 케케묵은 감정을 가지고 있지요. 허나 저는 확신하고 있습니다. 이 암울한 세상에서 주군만이 유일한 희망임을 말입니다."

한 시간 정도 휴식을 취한 일행은 조금씩 속도를 줄이며 이동했다.

전투를 대비하기 위함이었다.

도착하자마자 요새가 위급한 상황에 처했다면 쉴 시간 따위는 없다.

차라리 현지의 상황을 확인하지 않고 힘을 비축하는 편이 나았다.

'기병을 육성하는 비용은 보병의 몇 배다. 기병은 최대한 잃지 않는 편이 좋아.'

한 시간 거리를 90분 동안 이동했다.

전투 마도, 병사들도 어느 정도 체력을 회복할 무렵.

"하르덴 요새가 보입니다!"

"고지대로 이동한다."

아론은 야트막한 언덕에 올라 하르덴 요새의 상황을 자세하게 살폈다.

"개판이군."

"……."

다른 말로는 설명할 길이 없었다.

여기저기 반파되어 있는 성벽의 틈으로 몬스터들이 몸을 밀어 넣고 있었다.

몬스터는 언데드, 고블린, 오크가 혼재되어 있었는데 서로가 서로를 죽이기도 했다.

요새에 남아 있는 병력은 200명 정도로, 디펜스 워의 특징을 생각하면 꽤 많은 병력이라 말할 수도 있었다.

저들은 국경을 방어하는 정예군.

'제법 많군. 하지만 악마에게 침식된 백작의 군대를 생각하면 한참 모자란다. 최대한 피해 없이 흡수해야 한다.'

철컥.

아론은 조용히 검을 뽑았다.

모두가 마찬가지였다.

정확하게 성문을 찌르고 들어가야 한다.

"생존을 위해 힘을 합칠 때가 왔다."

기병들이 눈에 힘을 주었다.

그들도 미래를 위해 저 병력을 흡수할 필요가 있음을 공감하는 것이다.

"가자! 여신께서 승리를 원하신다!"

두두두두!

"베일리를 위하여!"

점점 요새가 가까워지고 있었다.

아론의 머릿속으로 '득템'이 아른거렸다.

고인물이기에 알 수 있은 하나의 정보.

'기왕 여기까지 왔으니 보너스 하나는 얻어 가야지.'

라피논 왕국 동부 국경 하르덴 요새.

불과 몇 개월 전까지만 해도 하르덴 요새에는 3천 수준의 병력이 주둔하고 있었다.

라피논과 국경을 마주하고 있는 베론 왕국과는 오랜 세월 앙숙 관계였으니 당연한 일이다.

하르덴 변경백이 살아 있던 시절에는 아무 문제없이 관리되고 있었으나, 급작스러운 마물의 침공으로 어려움에 직면했다.

하루에도 수천 마리나 되는 몬스터들이 쳐들어왔다.

역사상 전례가 없는 규모였다.

이에 하르덴 변경백은 왕실에 장계를 보내 증원을 촉구하였으나 돌아온 대답은 충격적이었다.

[현재 아국은 물론 전 대륙 모든 국가들이 악신의 공격을 받고 있다. 수도 역시 무너지기 직전이니 각자도생을 명한다. 부디 여신의 축복이 있기를.]

믿고 있던 국왕마저 외면했다.

왕국이 멸망한 상황에서 증원은 기대할 수 없었다.

병사들은 지쳤으며 사기는 바닥으로 떨어졌다.

병력이 3할로 줄었을 때 하르덴 변경백은 스스로 목숨을 끊었으며, 힘들게 버티던 영지는 함락됐다.

식량 지원이 끊기자 하르덴 요새는 더욱 힘들어졌다.

귀족은 모두 죽거나 도주했고, 200명 정도의 병력이 하루하루를 버티고 있었으나 더 이상은 힘들어 보였다.

"후안 경! 저희도 살길을 찾아야 하지 않겠습니까?"

부관의 말에 후안은 고개를 흔들었다.

"마물들이 보이지 않나? 뚫고 나가기 힘들다. 요새를 버린다고 한들 생존할 수 있나?"

"그건!"

부관은 눈을 질끈 감았다.

어디를 봐도 마물이 들끓었다.

오크, 고블린, 언데드가 뒤섞였으며 죽을 기세로 달려들었다.

서로가 싸우기도, 어느 순간에는 협력하는 모습이 매우 끔찍했다.

병사들의 피로는 누적되어 갔다.

죽어 간 전우들의 시신조차 거둘 수 없다.

성벽에서 떨어지기라도 하면 순식간에 난도질을 당하고

잡아먹혔기 때문이다.

진정한 생지옥인 것이다.

이제 희망 따위는 없었다.

"후안 경! 정문이 뚫렸습니다!"

"……!"

후안 아드발은 사색이 되어 정문 쪽으로 달려갔다.

망가진 성문으로 고블린들이 발악하며 밀려들었다.

고작 고블린?

누구도 그리 말할 수 없다.

뭔가에 홀린 듯 붉은 안광을 뿜어내며 광전사처럼 행동하는 놈들을 최약체라 정의할 수 있을까?

독침도 문제였다.

하나둘 병사들이 쓰러지며 사지에 경련을 일으켰다.

방패를 놓치기라도 하면 뒤로 끌려 들어가 오체를 분해했다.

귀가 먹먹할 정도의 비명까지.

"끄아아악!"

"아아아악!"

'이대로 끝인가?'

후안은 성벽에서 뛰어내리고 싶은 충동을 억제하느라 힘들었다.

일부러 이 삶을 끝내기 위해 뛰어내리는 병사도 간간이

보였다.

하도 그런 광경을 많이 보았더니 자연스럽게 생각되기까
지 해 확실히 세상이 미쳐 돌아가고 있었다.

두두두두!

성문이 완전히 뚫리기 직전, 동쪽에서 기병대가 달려왔
다.

"여신을 위하여!"

"구, 구원군입니다!"

"도대체 누가!?"

이해할 수 없는 일이다.

사방으로 서신을 날려도 구원을 해 주겠다는 제후가 없
었다.

아예 영지가 멸망한 경우가 대다수였다.

각자도생하기도 바쁜 마당에 누가 도움을 준다는 말인
가?

후안은 기병대의 깃발을 보며 두 눈을 의심했다.

"오라클 가문!?"

"말도 되지 않습니다! 베론 왕국에서 왜……?"

전쟁을 위해 병력을 보냈다고는 생각되지 않았다.

전 대륙에 마물이 들끓는 와중이었다.

몬스터 천지가 되어 버린 땅은 점령해 봤자 아무런 의미
가 없었다.

병력의 숫자도 문제다.

고작 50기로 무슨 전쟁을 한다는 말인가?

딱 구원을 위한 병력이었다.

다들 충격에 정신을 차리지 못하고 있을 때, 어디선가 들어 본 목소리가 울려 퍼졌다.

"나는 전 왕실 기사단장 제레미 아이언이다! 내 목소리를 듣고 있다면 내응하라!"

"제레미 경!?"

제레미 아이언.

라파논 왕국에 종군하는 기사치고 그 이름을 모르는 사람은 없었다.

그는 수십 년이나 전쟁터를 전전한 역전의 기사로, 명성이 대단했다.

다른 사람도 아닌 제레미 경이라면 믿을 수 있었다.

뭐가 어떻게 된 일인지는 나중의 문제다.

"내응하라! 우리는 생존할 것이다!"

꽈직!

아론이 검을 날리자 고블린의 머리통이 손쉽게 날아갔다.

세 번의 웨이브를 거치며 강해진 결과다.

레벨도 올랐으며, 아이템을 차곡차곡 쌓아 상급 기사 이상의 힘을 발휘했다.

여기에 더해 아군까지 보조한다.

'신성한 오라.'

[사방 100m 내에 신성의 오라가 발현됩니다.]

[HP 회복률 +3]

[언데드에 대한 대미지 +3]

아론의 몸에 광휘가 어렸다.

이전보다 더욱 선명한 빛이었으며, 그 성스러움에 HP가 회복되기 시작하니 전투에 임한 병사들은 광전사처럼 날뛰었다.

놀란 것은 요새의 병사들도 마찬가지였다.

"상처가 회복된다!"

"여신께서 함께하신다!"

"와아아아!"

아론의 모습은 신성 군주 그 자체였다.

온몸에서 흐르는 광휘는 물론, 방패에도 성스러운 빛이 궤적을 그렸다.

높은 힘 스탯으로 인해 방패로 한 번 찍으면 그대로 고블린의 머리가 박살 나며 뇌수를 뿌렸다.

'전보다 훨씬 수월하다.'

"주군! 요새에서 내응을 하려 하지만 워낙에 많은 적이 몰려 있어 제대로 힘을 쓰지 못하고 있습니다!"

마이어 경의 보고였다.

최소한 300마리 정도의 고블린이 성문에 밀집되어 있었다.

기병 돌격이 불가능한 수준이다.

"마이어, 말도르! 나를 따르라!"

"예!"

아론은 말에서 내렸다.

'스트롱!'

[3분간 힘이 두 배로 증가합니다.]

쓸모가 없는 스킬이란 존재하지 않는다.

디펜스 워가 그리 만만하게 설계된 게임이 아니기도 했고 말이다.

온갖 수단을 써야만 클리어할 수 있었기에 가능한 한 모든 수단을 동원해야 하는 것이다.

스트롱이 시전되자 아론의 몸에서 강력한 신성력이 터졌다.

전신에 광휘를 두르며 돌격한다.

'힘이 넘친다!'

눈앞에 있는 모든 것을 부숴 버릴 수 있을 것 같은 느낌이다.

가뜩이나 아론의 힘 스탯은 높았다.

처음 이 세상에 떨어졌을 때부터 그랬으므로 이건 재능이다.

운 좋게 얻은 오크 로드의 반지와 스킬이 더해지니 걸어 다니는 탱크가 따로 없었다.

신성의 방패까지 두른 채 밀어 버리자 고블린들은 압사를 당하거나 속절없이 무너졌다.

쾅!

콰과광!

방패로 전방을 쳐 내자 도저히 인간이 만들어 낸 것이라고는 볼 수 없을 정도로 고블린들이 처참하게 뭉개졌다.

아론이 뚫고 두 기사가 보조한다.

온몸으로 쏟아지는 독침은 무시했다.

[상태 이상이 해제됩니다.]

말도르 경이 성기사로 전직하고 난 이후 생긴 스킬이었다.

자동 상태 이상 회복.

저레벨 몬스터에 한정된 스킬이겠지만 지금 상황에서는

매우 유용했다.

마이어 경은 균형을 잡아 주는 역할을 했다.

적절하게 활로를 찾아 아론을 안내하는 것이다.

마침내,

콰앙!

"끼에에엑!"

고블린 수십 마리가 튕겨져 나가며 반대쪽과 개통(?)되었다.

그 틈으로 요새의 병력이 쏟아져 나왔다.

그들 역시 아론이 어떻게 활약을 하며 들어오는지 보았다.

두 기사가 보조했다지만 혼자서 고블린 수백 마리를 뚫고 들어온 것이다.

아론의 온몸을 감고 있는 광휘 덕분인지 곳곳에서 여신을 위한다는 구호가 튀어나왔다.

"여신을 위하여!"

절망 속에서 피어난 마지막 희망.

후안 아드발은 도저히 가능성이 없다고 생각했다.

50기의 기병.

분명히 큰 도움이 되었지만 그들만으로는 적들을 몰아낼수 없다고 여긴 것이다.

하지만 그건 착각이었다.

"여신께서 함께하신다!"

"와아아아!"

병사들의 눈에 광기가 어렸다.

오라클 남작의 온몸이 광휘에 휩싸이면서 몸에 있던 상처가 치유되고 있었기 때문이다.

단순히 그런 느낌이 드는 것이 아니었다.

적에게 베이더라도 치명상만 아니라면 상처가 빠르게 수복되는 것이다.

온몸이 따스해지며 힘이 더 치솟는 것 같기도 했다.

"뚫어라!"

신성 군주는 무력마저 상상을 초월했다.

신성력에 휩싸인 방패를 휘두르며 엄청난 속도로 성문을 뚫었다.

'일찍이 저런 힘을 본 적이 없다.'

방패로 한 번 칠 때마다 고블린 대여섯 마리가 날아갔다.

좌우를 보조하고 있는 기사들의 실력도 대단했다.

그 무식한 무력에 기가 질린 고블린들이 퇴각했다.

진정 여신께서 함께하시는지 붉은 눈동자를 했던 고블린들의 눈이 정상으로 돌아오며 겁을 집어먹었던 것이다.

희한하게도 고블린이 물러나자 오크와 언데드 무리도 성벽에서 떨어졌다.

동분서주하던 아론 오라클 남작은 전장의 한복판에 오연히 서 있었다.

"와아아아!"

병사들의 환호성이 터졌다.

정말 말이 안 되는 무력으로 적을 쫓아내 버린 것이다.

이번에는 운이 좋았다.

문제는 오라클 남작이 잠재 적국의 귀족이라는 데 있었다.

광장으로 전 병력이 모였다.

아론은 신성한 오라를 끄지 않고 있었다.

치명상을 입은 병사들은 어쩔 수 없지만, 경상 정도는 오라 안에 들어와 있으면 알아서 치유가 되었기 때문이다.

양측에서 어색한 공기가 흘렀다.

구원을 받은 것까지는 좋았는데 원래 양국은 서먹한 관계였다.

불과 몇 개월 전까지만 해도 국지전을 벌이며 전투를 했었는데, 적국에 가까운 왕국의 영주가 구원을 왔으니 그만큼 어색할 수가 없는 것이다.

어쨌든 하르덴 요새가 구원받은 것은 맞았기에 이곳 책임자인 후안 아드발이 대표로 인사했다.

"본 요새를 구원해 주셔서 감사합니다!"

"진정한 의미에서의 구원은 아니다."

"무슨 말씀인지……?"

"아군의 기세에 눌려 몬스터 놈들이 잠시 물러났지만, 몇 시간 내로 다시 쳐들어올 것이다."

"그런……."

방금 같은 지옥이 계속 이어진다는 뜻이었다.

생각만 해도 지긋지긋했다.

희망도 뭣도 보이지 않는 상황에 진저리가 났던 것이다.

아론은 그 마음을 십분 이해했다.

"제군들에게는 두 가지 선택지가 있다."

"어떤 선택지인지 들어 볼 수 있겠습니까?"

"하나는 정처 없이 떠돌다가 죽는 것."

"……."

암울한 선택지였지만, 그 누구도 반박하지 못했다.

전 대륙에는 지옥이 도래한 참이다.

모든 국가가 멸망했고, 요새를 나가는 순간 살아남을 가능성은 희박하다.

식량은 무한정이 아니었으니까.

아론은 선택지를 강제했다.

"또 하나는 본 영지로 귀부하는 것이다."

"남작님! 귀국과 아국은 잠재 적국 아니었습니까?"

"잠재 적국? 과거에는 양국이 싸웠지만 모두 멸망한 상태다. 이제 인류에게는 하나의 세력만 존재한다."

정확하게 30분.

아론이 후안 아드발과 요새 병사들에게 할애했던 시간이다.

사실 선택의 시간을 준 것은 핑계일 뿐이고, 하르덴 요새에 숨겨진 아이템을 얻기 위해 빠진 것이었다.

명분은 완벽하다.

군주가 그 자리에 있으면 자유롭게 토론하지 못한다는 것이었다.

요새 지하 감옥.

아론은 마이어 경만 데리고 이곳을 찾았다.

퀴퀴한 냄새가 가득한 가운데 일렁거리는 횃불로 주변만 간신히 식별되었다.

찍찍찍찍!

횃불 아래로 쥐들이 바쁘게 움직였다.

얼마나 감옥이 방치된 것인지 말라비틀어진 죄수들이 즐비했다.

"주군, 괜찮으시겠습니까?"

"무엇이?"

"그 자리에 말도르 경을 둔 것 말입니다."

아론은 슬며시 웃었다.

말도르 카브란.

성기사가 되어 조금 유해졌다지만, 그 성질이 어디 가는 것은 아니다.

십중팔구 현지 병사들과 트러블을 일으킬 것이다.

그것이 노림수이기도 했다.

"그들에게는 팩트 폭격이 필요해."

"팩트…… 폭격이요?"

"정확한 사실을 인지시켜 줄 인물이 있어야 한다는 뜻이다."

"꽤 탁월한 단어 선택이군요! 팩트 폭격이라……."

지금쯤 제레미 경과 후안 아드발 사이에서는 설전이 벌어지고 있을 것이다.

아국이니 적국이니 하는 개념을 들먹이고 있을 터.

그때 필요한 사람이 말도르 경이었다.

갑갑한 모습을 보고 있으면 시원하게 욕을 해 대며 팩트를 짚어 줄 것이 뻔했다.

말도르 경을 데려온 것에는 그런 이유도 포함되어 있었다.

마이어 경과 이런저런 이야기를 하는 사이, 지하 감옥 끝에 이르렀다.

1층도 아니고 2층 구석이다.

중죄인을 가두며 심문이라는 명목으로 고문이 자행되었으므로 짙은 피비린내가 풍겼다.

감옥 하나하나를 지날 때마다 끔찍한 고문 기구들이 보였다.

마침내 막다른 길.

마이어 경은 아무것도 존재하지 않는 벽을 보며 고개를 갸웃거렸다.

"주군, 도대체 여기에 무슨 비밀 창고가 있다는 말씀입니까?"

"벽돌 하나가 빠진 것이 보이나."

"부식된 흔적이군요."

이걸 본 누구라도 그리 말할 것이다.

요새는 지어진 지 최소한 500년은 지난 곳이다.

그 세월이면 햇볕조차 들지 않는 감옥의 벽돌이 부식될 만도 했다.

하지만 이건 퍼즐이었다.

"여신께서 계시하시길, 이 벽돌은 패턴이라 하셨다."

"패턴이요?"

"이런 식의 퍼즐이지."

아론은 빈 구멍 옆의 벽돌을 밀었다.

그르륵.

"……!"

그르륵. 그르륵.

벽돌을 이리저리 밀며 목표를 향해 나아갔다.

생각보다 쉽게 움직이고 있었다.

벽돌의 구멍이 한가운데에 이르렀을 때, 레버 하나가 나왔다.

쿠구구구궁!

레버를 돌리자 벽이 반쯤 돌아갔다.

"허어."

마이어 경은 진심으로 놀라는 중이었다.

'역시 주군께서는 미래를 아시는 분임이 틀림없다.'

잠재 적국이나 다름없는 요새의 지하 감옥.

그 끝에 이런 장치가 있으리라고는 누구도 생각하지 못한다.

아론이 이곳에 들어와 보았을 리도 없다.

감옥의 간수라고 해도 이 정도의 정교한 장치가 있으리라 여기진 않을 것이다.

놀라움의 연속이었다.

사람 둘이 들어가면 꽉 찰 정도의 비밀 창고였다.

창고 안에는 테이블 하나가 놓여 있었다.

그것도 얼마나 오래됐는지 부식되기 직전이었다.

테이블 위에 펼쳐진 고서.

"이, 이건……?"

"마법서다."

[파이어 웨이브(Fire Wave)]

"굉장히 희귀한 마법서인 것 같군요."

"물론이다. 대량 살상이 가능한 마법이니까."

신성력 기반의 아론이 사용할 마법서는 아니다.

레냐가 익히면 다음 웨이브에서 꽤 큰 힘을 발휘할 수 있었기에 보너스로 챙긴 것이다.

"이만 돌아가지."

"지금쯤 설전이 이어지고 있을 겁니다."

"시간이 없다. 이제 선택을 해야겠지."

아론의 예상대로 광장에서는 설전이 이어지고 있었다.

후안 아드발은 신성 군주의 도움을 받았음을 인정하지만, 잠재 적국으로 귀화하는 것은 다른 문제라고 주장했다.

"제레미 경, 오라클 남작께서 대단한 무력을 지니셨고, 여신의 가호를 받는다는 사실은 알겠습니다. 허나 베론 왕국은 우리 라파논 왕국과 적국과 비슷한 관계입니다. 얼마 전까지만 해도 국지전이 벌어졌으며, 대전쟁을 벌인지 몇 년이 지나지 않았지요."

"자네는 생각이 왜 그리 편협한가? 주군께서 말씀하셨다. 이제 선과 악, 두 세력만 남게 되었다고."

"그렇다고 오라클 영지에 귀부하지 않는 것이 악에 가담하는 것은 아니라고 생각합니다."

"나 역시 기적을 믿지 않았다. 경과 비슷한 생각을 가졌었지. 허나 증거가 명명백백하다. 여신께서는 이 땅의 가장 유능한 군주에게 '업'을 부여하신 것이다."

"신성 군주께서 기적을 보이심은 알고 있습니다. 하지만 그 정도는 성기사도 가능하지 않습니까?"

"전에는 성기사를 직접 본 적이 있나."

"오늘 처음 보았지만 분명히……."

"이 병신 같은 것이 정말 웃기고 앉았구나!"

"뭐요!?"

가만히 상황을 지켜보던 말도르 카브란은 결국 폭발하고 말았다.

"네놈의 새끼 말이다! 주군께서 구원하지 않으셨다면 죽었을 놈이 뭐가 어쩌고 어째? 그렇게 나가 뒈지고 싶으면 혼자 죽어라. 괜히 살고 싶어 하는 병사들까지 사지로 끌고 가지 말라는 뜻이다!"

"……."

웅성웅성.

말도르는 생존의 욕구에 대해 말하는 것이었다.

기사가 된 입장에서는 이적이 쉽지 않지만 병사들은 아니었다.

생존만 생각하면 정상적으로 영지가 운영되고 있는 오라클 가문으로 가는 것이 맞다.

거창한 이유가 아니더라도 말이다.

"나도 이적한 기사다. 타국의 기사는 아니었지만, 중앙군이 남작 가문으로 이적한다는 것도 쉬운 일은 아니지. 그럼에도 지금은 주군을 따르고 있다. 그분의 아래에 있다 보니 여신의 가호를 받아 성기사가 되었다."

"……!"

병사들은 다른 의미에서 놀랐다.

그러고 보니 말도르 카브란은 신성한 빛을 내며 싸웠다.

이 성질 더러운 기사가 말이다.

'그거야말로 기적 아니야?'

"여기서 죽고 싶은 놈들은 안 말린다. 제레미 경이나 샤론 왕녀가 어디 바보라서 이적을 한 줄 아나? 오라클 영지는 대륙에서 가장 안전한 땅이다. 여신의 가호가 유일하게 미치는 곳이지. 주군께서 직접 구원을 해 주시고 약속의 땅으로 인도하겠다는데, 그걸 거절한다니. 죽으려면 혼자 죽어라. 애먼 병사들 죽이지 말고."

말도르 카브란의 말에 후안은 입만 뻥긋거렸다.

도저히 반박할 말이 생각나지 않았기 때문이다.

"제레미 경! 왕녀 전하께서 이적하셨다는 말이 사실입니까!?"

"……아가씨께서는 충성을 맹세하셨다. 나 역시 마찬가지고."

"그럴 수가……."

"곧 30분이 지난다. 선택의 시간이다."

아론이 광장에 도착했을 때는 예상대로 긴장감이 감돌고 있었다.

누구도 쉽게 결정을 내리지 못하고 있는 상태였다.

아론은 반투명의 창을 바라보며 말했다.

"이곳에 남고자 하는 자는 좌측으로, 영지에 편입하고자 하는 자는 오른쪽에 서라. 5분을 주겠다. 그 안에 결정을 내리지 않는다면 반대하는 것으로 간주한다."

"……!"

배수의 진이 형성되었다.

병사들은 요새의 유일한 기사인 후안 아드발의 눈치만 살피고 있었다.

법과 질서가 무너진 세상이라도 관습은 무시하기 힘든 법이다.

한때 적국이었던 국가의 병사가 된다는 결정은 쉽게 내릴 수 있는 것이 아니었다.

시간은 빠르게 떨어지고 있었다.

2분이 남지 않은 상황.

그 꼴을 보다 못한 말도르 경이 소리쳤다.

"이런 머저리 같은 놈들! 주군! 그냥 가시죠? 자신의 목숨조차 하찮게 여기는 것들을 구할 필요가 없었습니다. 아군에 피해는 없었으니 똥 밟았다 치면 될 것 같습니다."

말도르의 말에 병사들은 입술을 짓씹었다.

그때, 누군가가 용기를 내어 오른쪽에 섰다.

그걸 시작으로 병사들이 우르르 오른쪽으로 돌아섰다.

그럼에도 여전히 남아 있는 자들.

이번에는 제레미 아이언이 나섰다.

"제군들의 목숨과 직결된 문제다. 누구의 눈치도 볼 필요 없다. 장담하건대 오라클 영지보다 안전한 땅은 없을 것이다."

"30초 남았다."

아론은 압박을 가하면서도 모든 병사들이 옮겨 갈 것이라고 생각했다.

바깥세상은 지옥이다.

왕국이 멸망했다면 어딜 가도 안전하지 않은 것이다.

하지만 끝내 50명 정도는 남았다.

아론이 그들을 바라봤다.

"제군들은 가족 때문에 가지 못하는 것인가?"

"그렇습니다. 남작님의 말씀은 감사하지만, 목숨을 걸어서라도 가족의 생사를 확인하고 싶습니다."

"무운을 빈다."

안타까운 일이지만 강요할 수 없다.

가족을 찾을 가능성은 희박하고 찾는다고 한들 살아남을 수 없다.

그들도 그런 사실을 알고 있을 테지만, 본인의 신념이 그렇다는데 별수 있을까.

이제 10초도 남지 않은 상황.

지금껏 고민하던 후안 아드발이 아론에게 물었다.

"남작님께 마지막 질문을 드리고 싶습니다."

"말하라."

"일주일만 고민해 본 후 답을 해도 되겠습니까?"

"경에게만 특혜를 달라는 뜻인가."

"죄송합니다. 병사들과는 달리 기사는 맹약을 해야 합니다.
오만한 생각일 수도 있으나 지켜본 후 판단하고 싶습니다."

"뜻대로 해라."

"하! 저 병신 같은 새끼가 어디서 주군을 떠보는……!"

"그만해라."

말도르는 후안 경을 한 대 칠 기세였다.

성질 급한 그가 보기에는 후안의 생각 자체가 마음에 들
지 않았던 것이다.

하지만 아론은 거의 80%는 넘어왔다고 봤다.

후안이 영지에 도착해 샤론과 만나게 된다면 99% 확정
적이다.

나머지는 스스로 조사해 보고 판단할 터.

아론은 말 위에 올랐다.

"곧 마물이 몰려들 것이다. 빠르게 돌파한다."

"예!"

두두두두!

기병대가 선봉을 맡아 적을 뚫었다.

산개되어 있는 적을 지나쳐 가는 것은 그리 어려운 일이
아니었다.

마물이라고 해 봐야 지금껏 상대했던 좀비, 고블린, 오크
가 전부였다.

챕터 3을 넘기게 되면 더욱 강력한 적이 등장하겠지만,
지금은 이 정도라 쉽게 돌파할 수 있었다.

사정권을 벗어나자 이동하기가 다소 편해졌다.

기병은 50기였지만 요새에서 구출한 병사는 전부 보병이
었기에 조금 빠르게 걷는 수준으로 속력을 낮추었다.

'정예 병력 150명을 손에 넣었다.'

현재 영지의 병력은 450명이다.

신병 50명을 모집해 훈련하고 있었으며 150명이 추가되
었으니, 총 병력은 650명을 헤아릴 것이다.

가능하면 한 달 안에 800명까지는 맞췄으면 좋겠지만 그
게 가능할지는 추진해 봐야 알 것 같다.

모자란 병력 때문이라도 성검 홀로랜스는 꼭 구해야만
한다.

"남작님."

아론이 앞으로의 일을 생각하고 있을 때, 후안 아드발이
말 머리를 나란히 했다.

"무슨 일인가."

"어찌하여 저를 받아 주신 겁니까?"

"경이 쫓아온다고 하지 않았나."

"제가 배신할 가능성도 있지 않겠습니까?"

아론은 후안의 질문에 피식 웃었다.

"경은 솔직한 자다. 거짓으로 충성을 맹세할 수도 있었으나 그러지 않았지. 배신하지 않으리라 본다."

"……그렇군요."

"허나 경만 나를 시험한다 생각지는 말도록."

"……!"

아론의 말에 후안의 몸이 흔들렸다.

그의 정신을 지배하고 있던 오만이 깨진 것이다.

야만의 시대를 헤쳐 나가는 군주가 평범할 리 없는 법이다.

아론은 후안에게 그런 인상을 심어 주었다.

'순진한 기사를 홀리는 일 따위야 식은 죽 먹기지.'

제8장
성검 홀로랜스

아론은 선두에서 군을 이끌었다.

난민 구조 시스템이 오픈되면서 지도를 이용할 수 있게 되었으니, 어떤 길잡이보다 정확했다.

다만 지도에 표시되는 지역은 신성 보호막 내부이거나 한 번 방문을 해 봤던 장소로 한정된다.

지금 나아가고 있는 지역은 미지의 영역.

그럼에도 망설이지 않는 이유는 2년 동안 디펜스 워를 해 왔던 경험 때문이었다.

2D로 보던 지도와 실제 3D 지도는 좀 달랐지만, 위치를 특정하는 데는 아무런 문제가 없었다.

봉인지에 가까워 오니 점점 더 기이한 힘이 퍼지고 있었다.

성력과 마기에 민감한 말도르 경이 가장 먼저 알아차렸다.

"주군! 저쪽에서 기이한 힘이 느껴집니다!"

"여기까지 온 김에 성유물을 얻고 갈 것이다."

"……!"

성유물.

신의 힘이 담겨 있는 유물이라는 뜻이다.

성검을 얻기 위해서는 조금 돌아가야 하지만, 초반부에 확정적으로 얻을 수 있는 가장 강력한 무기를 지나칠 수 없다.

애초에 이게 메인이었다.

하르덴 요새의 병력을 구출하는 것은 서브였고.

성유물 없이 챕터 3을 클리어할 수는 있어도 엄청난 피해를 야기할 것이다.

궤멸적인 타격을 입어 다음 챕터를 포기해야 할 수도 있었다.

게임 내에서라면 여러 실험을 해 볼 수 있겠지만 현실에서는 불가능한 일이다.

이는 선택의 문제가 아니었다.

어느 야트막한 야산.

사람들은 성유물이 어디에 있는지 특정할 수 없지만, 아론은 아니었다.

'번개 맞은 거목이 흔할 리는 없지.'

기억을 더듬어 찾아왔지만 헤매지 않아 다행이다.

아론은 거목 앞에서 하마했다.

"저 야산에 성유물이 봉인되어 있다. 봉인지 앞에는 가디언이 있으며 많은 인원이 몰려가 봤자 피해만 받는다. 나와 말도르 경, 마이어 경만 간다. 제레미 경은 병력을 통솔하고 있도록."

"하오나."

"명령이다."

"예, 주군."

아론은 몸을 돌려 말도르 경과 마이어 경을 바라봤다.

"가디언은 악마의 하수인 리치다. 영생을 위해 인간성을 버린 저주받은 마물이지. 꽤 강력할 것이니 원한다면 이곳에 남아도 좋다."

"주군! 그렇게 말씀하시면 섭섭합니다. 여신께서 인도하시는 길에 어찌 제가 빠집니까!?"

나름 성기사인 말도르는 여신을 들먹였다.

마이어 경 역시 물러나지 않았다.

"주군의 길이 곧 제 길입니다."

"좋다. 신의 잔재가 남은 이 부근까지는 몬스터가 따로 들어오지 않는다. 허나 그 역시 절대적인 것이 아니므로 제레미 경은 3교대로 근무를 세워 만일의 사태에 대비하라."

"예!"

"그럼 올라가지."

아론은 각오를 다졌다.

'드디어 여기까지 왔다.'

지금껏 위기가 없었던 것은 아니지만 효과적으로 병력을 늘렸다는데 높은 점수를 줄 수 있었다.

성유물을 얻는다 하여 난이도가 확 떨어지는 것은 아니다. 하지만 당장 이번 챕터를 넘길 수 있는 힘이 되어 줄 것이다.

"남작님! 저도 가겠습니다!"

후안 아드발이었다.

놈을 데려갔다 잃으면 속깨나 쓰릴 것이다.

그래도 굳이 쫓아와 아론의 진의를 확인해 보겠다는데, 말릴 수도 없는 노릇 아닌가.

"뜻대로 해라."

"감사합니다."

아론은 기사 셋을 데리고 봉인지로 향했다.

검게 물들어 있는 대지.

봉인지로 향하는 길에 자란 나무들은 마기를 머금어 검었다.

사람이 지나다닌 흔적은 없다.

야생 동물조차 이 기이한 힘 때문에 접근하지 않았으며, 그건 마물도 마찬가지였을 것이다.

동물 하나 없는 을씨년스러운 풍경에 말도르 경은 궁금증을 자아냈다.

"주군, 도대체 성유물이 이곳에 왜 봉인되어 있는 것입니까? 그리고 봉인되어 있다고 한들 이토록 드러난 이유가 있습니까?"

고개를 돌려 보니 마이어 경과 후안 경도 궁금해하는 것 같았다.

아론은 디펜스 워의 고인물.

초반에 등장하는 낡은 성유물이라고는 하나, 그 배경을 모를 리 없었다.

"신화의 시대, 중간계에서는 큰 전투가 있었다. 우리가 알고 있는 신마대전이지."

"역사서를 통해 알고 있습니다."

말도르의 말에 고개를 끄덕인 아론은 설명을 이어 나갔다.

"모두 알다시피 세상은 악신을 숭배하는 세력이 들끓어 악의 세력이 득세했다. 결국 천군은 퇴각하고 말았지. 그 과정에서 인류의 영웅이자 성기사 홀로랜스 경이 시간을 벌다 순교했다. 이곳에 봉인된 성유물은 홀로랜스 경의 유산이다."

"악신이나 그 하수인 정도라면 성유물을 파괴할 수도 있지 않았습니까?"

"성검에는 극히 일부이지만 여신의 힘이 닿아 있다. 파괴할 수 없었기에 봉인하게 된 것이지. 당시에는 강력한 리치를 가디언으로 세워 깊은 지하에 봉인지를 만들었다. 허나 시간이 흐르며 지각이 변동되고 세월의 풍파를 맞아 밖으로 드러나게 된 것이다. 그 결과 성유물도 약해졌겠지만 가디언도 약해졌다."

"여신께서는 주군께서 충분히 습득할 수 있다고 판단해 성유물을 내린 것이군요!"

"시련을 통과해야겠지만, 경의 말이 맞다."

"역시 여신께서는 주군을 통해 지상계를 평정하려 하시는 겁니다!"

"……."

말도르 경은 신나서 떠들었지만, 무신론자 마이어 경은 곰곰이 생각에 잠겨 있을 뿐이었다.

후안 아드발은 그 나름대로 그 말이 사실인지 평가하기 바빴고.

"지금부터는 경건한 마음으로 올라간다. 여신의 파편을 보게 될 것이니."

"예!"

말도르는 입을 다물었다.

성질 더러운 그였지만 평소 신앙심이 깊었던 것 같다.

도저히 진중함이 어울리진 않았지만.

야산 중턱.

여기까지 올라오자 기이한 힘은 더욱 또렷해졌다.

인공적으로 보이는 동굴 앞에 연무장처럼 공터가 있었다.

지각 변동이 일어나 봉인지가 드러났다는 것은 개소리다.

봉인지로 삼아도 하필이면 대륙판에 세웠고, 그게 솟아올랐으며 천연 동굴이 형성되었다는 것은 말도 안 된다.

아론이 했던 설명은 디펜스 워의 설정을 그대로 읊은 것뿐이었다.

동굴 앞에 거대한 뼈다귀 한 마리가 웅크리고 있었다.

다 해진 옷과 민둥머리, 거대한 지팡이까지.

아론이 알고 있는 리치의 모습이었다.

'사실 지각 변동까지 일어났을 시간이면 리치의 옷은 다 썩고도 남았지. 마력으로 유지됐다는 설정인가?'

일반적인 리치는 지금 시점에 공략할 수 없다.

오랜 세월 가디언으로 봉인지 앞을 지키는 바람에 약화되었다는 설정이다.

말도르 경이 성기사가 되었기에 좀 더 수월하게 클리어

할 수 있다고 여겼다.

2년 동안 디펜스 워를 하며 지겹게 공략해 본 아론과 달리 리치라는 존재를 처음 보는 기사들은 꽤 긴장했다.

"말도르 경은 나를 보조하여 리치와 싸운다. 마이어 경은 리치가 소환하는 졸개들을 상대해라."

"예!"

"맡겨만 주십시오!"

"저는 무슨 역할을 할까요?"

후안 경이 물었으나, 아론은 고개를 흔들었다.

"경이 나설 자리가 아니다."

"어찌하여……?"

"경은 내 사람이 아니지 않나."

후안 아드발이 뒤통수를 칠 인물은 아니지만, 일부러 소외감을 느끼도록 배제했다.

아론 휘하의 기사가 아니라는 말은 사실이기도 했지만 말이다.

공격을 시작하기 전에 버프(?)부터 몸에 둘렀다.

'신성한 오라'

[사방 100m 내에 신성의 오라가 발현됩니다.]
[HP 회복률 +3]
[언데드에 대한 대미지 +3]

주인공 기본 스킬로, 언데드 대미지가 추가되었으므로 필수적이다.

연이어 스킬을 사용한다.

'신성한 방패, 스트롱.'

[방패에 가해지는 충격이 40% 감소합니다.]
[3분간 힘이 두 배로 증가합니다.]

할 수 있는 모든 버프를 둘렀다.

몸 깊은 곳에서 강렬한 힘이 솟아오른다.

아론은 디펜스 워를 플레이하며 리치를 상대하는 법을 오랜 시간 연구해 왔다.

게임 특성상 리치는 던전을 지키는 가디언으로 많이 출현한다.

가디언은 적이 침입하지 않는 이상 움직이지 않으며, 침입을 감지해야만 깨어나는 것이다.

공략의 핵심은 선빵.

쾅!

아론은 그 자리에서 뛰어올랐다.

깃털 신발의 옵션이 적용된다.

[점프력 30% 증가.]

그다지 쓸모없는 옵션 같았지만, 관절에 무리가 있을 각오만 한다면 중력 가속도를 얻을 수 있다.

기본적인 힘에 중력의 힘이 추가되는 것이다.

아론은 스트롱으로 힘이 두 배로 증가된 상태다.

도저히 인간이 뛴 것이라고 볼 수 없을 정도로 높게 치솟았다.

낙하를 하며 검을 크게 휘둘렀다.

웅크리고 있던 리치는 뒤늦게 적을 인식했다.

하지만 늦었다. 아론에게 선제공격을 허용하고 만 것이다.

리치의 약점은 머리통.

게임마다 리치의 설정은 다르다.

가슴이 약점이라는 게임도 있고, 아예 라이프베슬이 다른 곳에 숨겨져 있어 보물찾기처럼 던전 안을 뒤져 파괴해야 하는 설정도 있다.

디펜스 워와 같은 경우에는 머리통이 박살 나면 리치가 사망한다.

콰아아앙!

"……!"

어마어마한 충격이 리치의 머리통에서 발생했다.

놈에게 가해진 충격만큼 아론의 몸도 강력한 충격을 받았다.

하지만,

[치명타!]

쩌저적!
이 한 방에 리치의 머리통에 금이 갔다.
물론, 이것으로 끝은 아니다.
우위를 점하려 했던 것뿐이다.
그럼에도 불구하고,
'나쁘지 않은 시작이다.'

쾅! 콰과과광!
공터에서 조금 떨어진 곳.
후안 아드발은 눈앞에서 벌어지고 있는 전투를 두 눈에
담고 있었다.
여기까지 올라왔으니 기사가 되어 구경만 한다는 것이
편치 않았지만, 신성 군주의 명령이었다.
자신의 기사가 아니므로 참여하지 말라는 뜻인 것이다.
어쩔 수 없이 쭈그러진 후안은 상상 이상으로 잘 싸우고
있는 아론 오라클의 모습을 보며 경악했다.
'무슨 힘이……?'
신성 군주의 힘은 요새에서 충분히 보았다고 생각했다.
수백 마리의 고블린을 방패로 날려 버리며 전진했던 그
괴물 같은 광경이 여전히 머릿속에 선명히 남아 있었다.

하지만 요새에서 보았던 아론 오라클의 전투는 지금의 반절에도 미치지 못한 것이었다.

온갖 광휘를 몸에 두르고 달려들었을 때에는 정말 깜짝 놀랐다.

도저히 검격이라고는 볼 수 없을 정도로 강력한 충격파가 발생했기 때문이다.

강렬한 파괴력에 땅이 다 울렸다.

허나 그것은 시작에 불과했다.

전투를 보조하는 기사들도 꽤 강하다.

신성 군주가 전투에 집중할 수 있도록 말도르 경은 마기를 흡수하여 분쇄해 버렸다.

그가 성기사라는 것은 알고 있었지만, 실제로 악마의 기운을 신성력으로 태우는 광경을 보니 왠지 모르게 억울했다.

'하…….. 저런 인간이 성기사라니. 조금 놀랍지만 성격과 신앙심이 같은 선상에 있는 것은 아니니.'

마이어 경은 이리저리 소환된 언데드 무리를 효과적으로 죽여 나갔다.

한 방에 한 마리.

리치의 소환수는 스켈레톤이다.

좀비보다 발전된 형태의 언데드였지만 어렵지 않게 상대했다.

쿠르르릉!

스켈레톤을 물리치던 마이어 경에게 정신이 팔린 사이, 리치 쪽에서 또다시 큰 충격파가 발생했다.

리치의 두개골이 깨지기 시작한 것이다.

첫 타격부터 머리통을 노리더니 끈질기게 놈의 머리를 부수기 위해 전투를 벌이던 참이다.

마침내 두개골 한쪽이 완전히 깨지며 마기로 둘러싸인 핵이 보였다.

"끝이다!"

번쩍!

리치의 머리통이 완전히 박살이 나는 순간.

말로는 형용할 수 없는 성스러운 빛이 아론 오라클의 몸을 감쌌다.

'신성 군주는 진정으로 신의 선택을 받았구나!'

광휘가 천천히 잦아들었다.

'어둠으로 둘러싸인 세상의 마지막 등불……. 말도르 경이 그렇게 강조하더니 틀린 말이 아니었다.'

방금 전에 터진 빛은 아론이 보상을 받는 과정에서 발생한 것이었지만, 그런 사실을 후안이 알 리는 없었다.

[태초의 악마를 격파했습니다.]

[레벨이 올랐습니다!]

[10p를 보상으로 받았습니다.]

[칭호: 악마 사냥꾼을 보상으로 받았습니다.]

'그래! 이거지!'

디펜스 워의 메인 퀘스트는 각 챕터의 웨이브를 막는 것이다.

그 밖에 게임을 클리어해 나가면서 여러 서브 퀘스트를 수행한다.

리치를 죽이고 성유물을 얻는 것 역시 서브 퀘스트에 해당하였으므로 적절한 수준의 보상을 받았다.

아이템이 떨어지지 않은 건 아쉽지만 원래 디펜스 워의 보상은 짜다.

칭호만으로도 감지덕지해야 할 일이다.

칭호: 악마 사냥꾼

효과: 30m 반경에 신성력 회복+1

실질적으로 큰 효과를 발휘하기 어렵다고 볼 수도 있었다.

하지만 칭호를 장착하는 순간, 아론에게서는 말로 형용할 수 없는 따스함이 발현된다.

신성 군주의 이미지를 한층 부각시켜 주는 정치적인(?)

옵션이었다.

　전투에 참여했던 마이어 경과 말로드 경의 레벨도 상승하였으므로 이만하면 상당한 보상이었다.

　더욱이.

　'성검이 남았지.'

　게임 초반을 넘기는데 있어 리치는 알토란 같은 녀석이다.

　난이도로 치면 오크 로드보다 조금 더 강했지만, 그동안 아론도 놀고만 있지 않았으므로 비교적 수월하게 느껴진 것이다.

　레벨로 오른 스탯과 스킬은 각각 힘과 스트롱에 투자했다.

　아론 오라클 LV.8

　직업: 신성 군주−베일리의 사도.

　칭호: 악마 사냥꾼

　스킬: 신성의 오라 LV.3 힐 LV.3 신성의 방패 LV.2 스트롱 LV.2

　스탯: 체력(8+1) 정신(5) 힘(14+5) 민첩(5) 지혜(3) 신성력(1+2)

　상점 포인트: 10

스트롱 LV.2

4분간 힘 120% 증가.

스킬 포인트를 스트롱에 사용한 것은 그 효과가 상당했기 때문이다.

챕터 3를 클리어하고 난다면 다른 스킬에 포인트를 투자하겠지만, 지금으로서는 당장 전력을 상승시키는 것이 중요했다.

상점 포인트는 사용하지 않는다.

안타깝게도 10포인트로는 구입할 수 있는 스킬이 하나도 없었다.

"남작님! 괜찮으십니까?"

아론에게 후안 경이 달려왔다.

그의 눈빛은 전과 달리 깊어져 있었다.

성유물의 봉인지를 찾은 것과 직접 전투를 하는 광경, 칭호를 장착해 알 수 없는 힘이 흐르는 모습을 보며 아론에게 느끼는 감상이 변했던 것이다.

"괜찮다."

"저도 참여를 했어야 하는데 죄송합니다."

"내 기사도 아닌데 왜 경을 써야 하나. 미안해할 필요 없다."

"그것은……."

"봉인지로 접근한다."

아론은 꽤 심경이 복잡해 보이는 후안을 뒤로한 채 봉인지로 들어왔다.

입구는 천연 동굴처럼 보였지만 내부는 인위적인 티가 역력했다.

매끈하게 깎여 있는 동굴 좌우에는 기하학적인 문양으로 가득했다.

기사들은 그 광경을 굉장히 신비롭게 여겼지만 아론은 알고 있었다.

'별 의미 없다.'

그저 이런 식으로 '디자인' 되었을 뿐이다.

성유물의 봉인지랍시고 만들었는데, 허접해 보이면 안 되니 개발사에서 심혈을 기울여 문양을 넣은 것이다.

동굴을 지나자 재단이 나왔다.

좌측에는 천사의 조각상이, 우측에는 악마의 조각상이 정렬되어 있다.

조각상들은 심하게 훼손돼 이리저리 금이 가거나 부서졌다.

재단의 계단도 마찬가지였다.

세월의 흐름을 이기지 못해 깨졌다는 설정이다.

재단의 꼭대기에 순백의 검신을 가진 성유물이 보였다.

'성검 홀로랜스.'

사냥이나 챕터를 클리어하며 유물급 아이템을 얻기 위해

서는 최소 중반 지점은 넘어야 한다.

디펜스 워가 출시된 첫 달에는 성검의 존재를 알지 못해 수많은 유저들이 키보드를 박살 냈다.

아론도 이 시점에 박살을 냈던 키보드가 두 개는 된다.

애초에 지도상에 밝혀지지 않은 봉인지를 찾아 클리어하는 유저는 없다.

더 웃긴 것은 챕터 3을 클리어하게 되면 첫 번째 봉인지는 사라졌기에 꽤 오랫동안 이곳의 존재가 알려지지 않았다.

고인물이 아니라면 결코 한 번에 찾아낼 수 없는 위치인 것이다.

성유물을 습득함으로써 챕터 3을 클리어할 수 있는 최소한의 조건을 갖추게 되는 것이었으니 아론에게는 선택이 아닌 필수였다.

저벅. 저벅.

기사들은 감히 접근조차 못 한 채 고개를 숙이고 있었다.

성유물은 재단 꼭대기에 꽂혀 있었다.

순백의 칼날과 백색의 보석으로 치장되어 있는 미학적 디자인이었다.

장검의 형태였으므로 충분히 한 손으로 다룰 수 있는 무기였다.

아론이 검을 뽑는 순간.

파아앙!

[성검 홀로랜스를 획득했습니다.]

아론의 몸에서 임팩트가 터졌다.

날개 모양의 화려한 빛으로, 유물급 이상의 장비를 얻었을 때 나타나는 효과다.

"오오오!"

성기사 말도르는 그대로 바닥에 엎드렸고, 후안은 성호를 그으며 한쪽 무릎을 꿇었다.

무신론자인 마이어 경도 신기하단 눈으로 올려다봤다.

성검 홀로랜스

등급: 유물
물리 공격력: 25
마법 공격력: 10
내구도: 파괴되지 않음

추가 옵션
악마류 몬스터에 대한 대미지 +30%
모든 스탯 +1
여신 베일리의 힘이 일부 깃든 검.
-성기사 홀로랜스를 기억하며-

'초반 아이템으로는 무지막지한 옵션이다.'

앞으로 등장하는 상당수의 몬스터가 악마류다.

중반까지 사용해도 문제가 없을 정도다.

특히 챕터 3을 클리어하기 위해서는 필수적인 무기였다.

공격력 자체도 높지만 모든 스탯이 1씩 올라가는 것이기에 초반에 한정해서는 그 어떤 무기도 성유물을 쫓아올 수 없었다.

은은한 광택이 신이 하사한 검 같은 느낌이었으므로 신성 군주의 권위도 더 높아질 것이다.

저벅. 저벅.

성유물까지 장착한 아론은 재단의 계단을 밟으며 내려왔다.

말도르와 마이어가 각각 축하의 인사를 건넸다.

"감축 드립니다, 주군! 여신께서 주군의 앞날을 축복하심이 틀림없습니다."

"좋은 검을 얻으셨군요."

두 기사의 관점은 달랐지만, 아론이 성검을 얻음으로써 무력이 상승했다는 사실 정도는 충분히 짐작했다.

이번에는 후안 아드발.

"여신께서 신성 군주를 이끄심은 의심할 나위가 없습니다."

아론은 가볍게 고개를 끄덕였다.

이제 스스로 신성 군주이자 베일리의 사도라고 말하는데, 아무런 거리낌이 없었다.

그 사실을 철저하게 이용해야 하는 입장이었으니까.

"나가지."

"예!"

봉인지 아래 고목 앞.

성검이 봉인되어 있던 봉인지는 붕괴되기 시작했다.

아론이 성검을 뽑은 순간부터 유적을 유지할 필요가 없어졌기 때문이다.

이 부근을 감싸고 있던 기이한 힘이 완전히 사라지면 각종 몬스터가 몰려들 것이었으므로 그 전에 빠져나가야 한다.

물론 10분 정도의 시간은 있었다.

'조금은 신성 군주다워졌나?'

아론은 병사들의 반응을 확인하고자 했다.

성유물 봉인지에서 칭호와 성검을 얻었다.

두 가지 모두 아론의 이미지에 상당한 효과를 미칠 것으로 보였다.

아니나 다를까.

"신성 군주께서 여신의 검을 취하셨다!"

"와아아아!"

예상보다 뜨거운 반응이었다.

호칭 때문이라도 일반인은 초월적인 힘을 느꼈을 것이다.

성검 홀로랜스는 신비한 느낌을 더해 주었다.

전에 쓰던 성기사의 검을 말도르에게 줄 수도 있었지만, 방패와 세트라 더 좋은 방패를 구하기 전까지는 아론이 쌍검처럼 착용할 예정이었다.

이로써 신성 군주의 이미지는 업그레이드(?)되었다.

후안 아드발은 물론 라파논 왕국 출신 병사들마저 아론에게 열광할 정도였으니 만족스런 원정이었다.

아론은 담담한 표정으로 외쳤다.

"복귀한다."

오라클 영지 서쪽.

신성 보호막 안으로 접어든 일행은 속도를 줄였다.

다들 피로가 누적되어 있을 터다.

국경의 전투부터 시작해 오라클 영지로 이어지는 여정까지.

보호막 밖은 위험하지만 안쪽은 비교적 안전하다.

보호막이 미치는 구역 안의 몬스터는 악신의 지배를 받지 않는다는 설정이었기에 굉장히 약화된 상태다.

가끔 고블린과 오크, 언데드 무리가 나타나지만 기병 돌격만으로도 쉽게 돌파할 수 있었다.

여기서부터는 조금 편안하게 진군했다.

보병을 줄줄이 달고 있었으므로 평소 행군하는 수준의 속도를 냈다.

"주군, 드리고 싶은 말씀이 있습니다."

"뭔가."

여기까지 오는 동안 아론은 말도르나 제레미, 마이어, 후안 등과 이야기를 나눴다.

행군만 하려면 심심하기도 했기에 가벼운 담소를 나눴던 것이다.

이번에는 주제가 꽤 무거웠다.

"주군께서는 신성 군주로서의 정체성을 확립하셨습니다. 이 부분은 누구도 부정하지 못하는 사실입니다."

"그럴 테지."

"이는 매우 긍정적인 효과이며, 통치에도 많은 도움이 되고 있습니다."

"본론이 뭔가."

"주군께서 대륙 유일의 군주로 군림하시게 된다면 단순 영지보다는 성국을 선포하시는 것이 어떤가 싶습니다."

"……!"

조용히 마이어 경의 이야기를 듣고 있던 기사들도 깜짝 놀랐다.

성국 선포?

개국을 하자는 뜻이다.

아론의 표정에는 여전히 변화가 없었지만, 속으로는 꽤 놀랐다.

'다른 사람도 아닌 마이어 경이 성국을 선포하자고 할 줄이야.'

무신론자 마이어 제렌스.

종교가 없는 건 아론도 마찬가지였으므로 그와 마이어 경 사이에는 통하는 것이 있었다.

마이어가 이렇게 말했다는 것은 성국을 선포함으로써 더 큰 이익을 가져올 수 있다는 뜻이었다.

하지만 아론은 좀 회의적이었다.

'언젠가는 성국을 선포하긴 해야 한다. 그 순간 새로운 시스템이 열리니, 효과적인 통치와 빠른 성장이 가능하겠지. 문제는 그 순간 난이도가 대폭 상승한다는 것이다.'

지금도 난이도가 괴랄했는데, 개국을 하는 순간 모든 면에서 난이도가 올라간다.

그건 자살행위였다.

개국을 위해서는 최소한 초반부를 넘겨야 한다.

"좋은 생각이지만 여신께서 계시하지 않으셨다."

"시기상조라는 말씀입니까?"

"그건 모르지. 여신의 뜻을 일개 인간이 어찌 알겠나."

아론은 여신의 뜻을 이유로 에둘러 거절했다.

그러면서도 마이어 경과 눈빛으로 의견을 교환했다.

[성국 선포? 너무 나갔다.]

[어째서 안 되는 것입니까? 오라클 영지는 신앙을 근거로 성장하고 있습니다. 이용할 수 있는 것은 최대한 이용해야 합니다.]

[마물만으로도 감당하기 벅차다. 굳이 적을 만들 필요 없다.]

[더 많은 영주가 몰락해야 한다는 뜻이군요?]

정확하게는 아니어도 마이어 경은 아론의 뜻을 대충이나마 알아먹는 듯했다.

난이도도 난이도지만, 국가를 선포하는 순간 베론 왕국에 남아 있는 제후들이 어찌 나올지 몰랐다.

모든 제후들이 국가를 건설하기 위해 동분서주하는데, 산간벽지의 아론이 먼저 개국한다?

주변 영주들이 연합해 쳐들어올 수도 있는 사건이었다.

마이어 경이 고개를 숙이며 물러났다.

"언젠가 여신께서 성국의 비전을 주실 날이 오리라 믿습니다."

"그날을 고대하지."

제9장
레냐의 발명품

오라클 영지 본령이 보였다.

여기까지 오는 동안 몇 번의 전투가 있었지만 하르덴 요새에서 겪었던 지옥에 비하면 전투라고 할 수도 없었다.

본령 부근은 주기적으로 토벌을 했기에 몇 시간 전부터는 개미 새끼 하나 보이지 않았다.

아론이 모습을 드러내자 성문이 열리고 칼슨 경과 몇몇 병사들이 달려왔다.

"주구우우우운!"

칼슨이 방정맞게 달려와 멈춰 섰다.

말이 헐떡거릴 지경인 것을 보니 아론이 도착하기만 기다린 것이 틀림없다.

"본 영지에 귀부한 병사들도 있는데 채신머리가 없구나."

"헤헤, 사람이 갑자기 바뀌면 죽는다고 주군께서 말씀하셨죠."

"무슨 일이냐? 단순히 마중을 요란스럽게 나오지는 않았겠지."

"역시 주군이십니다! 파이온 소영주가 죽고 자작령에서 노예……가 아니라 죄인들이 도착했습니다!"

"소영주는 결국 죽었나."

"언데드 군단의 습격을 당해 사지가 찢어졌습니다."

"젠트라 경은?"

"무사하십니다."

아론은 대충 어떻게 된 상황인지 알 수 있었다.

젠트라 오마르를 비롯한 50명의 병사들과 100명의 영지민이 소영주를 따랐다.

그들이 소영주를 따른 것은 고향에 있는 가족 때문이었다.

놈은 결코 지금 시점에 어울리는 군주가 아니었다.

여러 가지 트러블을 만들었을 테고, 몬스터와 마주했을 때 사람들은 목숨을 걸고 구할 가치를 느끼지 못했던 것이다.

"소영주가 무슨 실수라도 했나."

"하……. 말도 마십시오! 정말 글러 먹은 인간이었다니까요?"

칼슨 경은 현지에서 겪었던 일을 열심히 설명했다.

평소에도 말이 많고 과장하길 좋아하는 칼슨이었기에 놈을 정말 쓰레기처럼 묘사했다.

자신의 일이 아님에도 분노하는 병사들이 생길 지경이었다.

모든 사건이 사실에 기반을 둔 것이 문제다.

특히 아내의 시신 앞에서 아들을 강제 입대시킨 소영주의 폭거에는 아론조차 혀를 내둘렀다.

"죽고 싶어 환장했군. 정치가 안정된 것도 아니고 떠도는 주제에 기사단장의 가족을 그리 다루나."

"지금에 이르러 소년병은 자연스러운 현상이지만 젠트라 경의 아들은 키가 기준에 한참 못 미쳤습니다. 징집을 한다고 쳐도 아내의 장례식은 간단하게 치른 후에 말했어야 하는데, 너무 미숙했죠."

"자업자득이다."

"제 말이 그 말입니다."

"그래서, 경은 그 말을 하려고 이렇게 서둘렀나."

"아, 제가 이야기하는 데만 정신이 팔렸었군요. 자작령에 살던 백성들이 죄다 몰려왔습니다."

"죄다 몰려와? 얼마나?"

"천 명이 조금 넘습니다."

"……!"

아론을 제외한 사람들은 꽤 놀랐다.

자작령이 넓다고 해도 이 난리 통에 그 많은 사람이 살아남았을 줄은 몰랐다.

현재 오라클 영지의 인구는 5천을 조금 넘긴 수준이었다.

여기에 천 명이 더해졌으니 백성만 6천에 달했으며, 병력까지 합산하면 7천을 찍는 날이 머지않았다.

기존 오라클 영지의 인구는 진즉에 넘긴 상태였다.

마이어 경이 곧바로 우려를 드러냈다.

"주군, 가뜩이나 식량이 부족한데 유지가 되겠습니까?"

"애초부터 식량은 부족했다. 많은 인력이 도착했다면 어떻게든 활용해 살아남을 궁리를 하면 된다."

아론이 본성에 입성하자 백성들이 하던 일을 멈추고 몰려왔다.

"와아아아아!"

"영주님께서 오셨다!"

그 격렬한 환호성에 라파논 왕국 출신 사람들은 어안이 벙벙할 지경이었다.

상식적으로 말이 되는 일인가 싶어서다.

'우리는 적국과 같은 사이였는데?'

'라파논 왕국군 군복을 입고 있는데도 이렇게 환영할 수

있나?'

하지만 현지 백성들은 전혀 신경 쓰는 눈치가 아니었다.

아론이 데려왔으니 반드시 그 뜻이 있으리라고 여겼던 것이다.

'강력한 정신 교육의 효과지.'

신앙으로 통치하고 여신에 대한 충성을 강요하니, 자연스럽게 베일리의 사도인 아론에 대한 충성심도 심어지는 것이다.

종교의 힘을 빌린 장점이다.

신정 일치 구조가 부패하면 엄청난 문제를 일으키지만, 세상이 멸망지경에 이른 지금, 이보다 효율적인 체제는 없었다.

슬쩍 후안의 얼굴을 보니 표정이 매우 복잡했다.

백성들의 반응만 보아도 아론에 대한 평가가 평소 어떤지 알 수 있었기 때문이다.

영지 광장.

1천 명에 달하는 파이온 자작가 백성들이 모여 있었다.

오합지졸의 군대는 해체된 상태다.

너무 어리거나 노병을 걸러 내니 파이온 자작령에서 넘어온 병력은 50명 남짓이었다.

'영지의 총 병력은 700명을 헤아리게 됐다.'

말도 되지 않을 정도의 비대칭 전력이었다.

병력을 부양하는 인구는 6천.

인구의 10%가 병력이라는 것은 이토록 처참한 상황이 아니라면 결코 채택할 수 없는 정책이었다.

'살고 봐야겠지.'

아론은 입술을 한 번 짓씹었다.

병력 700?

아직 멀었다.

다음 챕터를 클리어하기 위해서는 최소한 100명 정도를 더 징집해야 한다.

아예 미친 병력 수준을 유지해 천 명까지 늘렸으면 하는 바람이지만, 그건 아무리 따져 봐도 불가능하다.

영지를 먹여 살리는 것은 물론, 비대해진 군비를 유지하지 못할 것이다.

쿵!

젠트라 오마르를 시작으로 자작령 모든 백성들이 무릎을 꿇었다.

쿵! 쿵!

그것도 모자라 바닥에 머리를 찧었다.

"자비로우신 신성 군주께 간청하옵니다! 부디 저희를 백성으로 받아 주십시오!"

"간청합니다!"

"신성 군주시여!"

어차피 받아 줄 생각이었다.

아론에게 다른 선택지란 존재하지 않았으니까.

그 전에 약속 하나는 받아 내야 했다.

"너희는 죄인이다. 그 사실은 인정하나."

"인정합니다. 신성 군주께서는 이미 한 번 기회를 주셨고, 그걸 거절하고 나간 것이 저희입니다. 허나 대부분의 백성들은 죄가 없습니다."

"각 마을에도 전파하여 받아 주기로 약속했었다."

"그에 대해서는 드릴 말씀이 없습니다. 오직 각하의 처분에 맡길 따름입니다."

아론이 '각하' 소리를 들을 위치는 아니었지만 이 부분은 그냥 넘어가기로 한다.

"용서는 죄를 인정한 자들만 받을 수 있는 자비다. 경을 비롯한 백성들이 죄를 인정하였으니 본 영주는 한 가지 조건을 달고 용서하고자 한다."

"무슨 벌이라도 달리 받겠습니다."

"앞으로 6개월 동안 죄를 씻는 과정에 들어간다. 자율적으로 일하는 백성들과 다르게 너희는 시키는 일을 강제로 하게 될 것이다. 그 6개월을 평가해 불순한 의도를 가지고 있다면 추방한다. 이 조건에 동의한다면 백성으로 받아들이겠다."

쿵!

꽈직!

대리석 바닥이 깨졌다.

본령 광장은 신경 써서 복원했는데, 오마르가 괜히 바닥을 깨부쉈다.

그걸 멋이라고 여기는 건지 1천 명에 달하는 백성들 역시 바닥에 머리를 박았다.

"신성 군주의 자비에 감사드립니다!"

아론은 이제 막 도착해서 상황을 지켜보던 레미나 경을 불렀다.

"레미나 경."

"예, 주군!"

엄숙한 분위기.

그녀는 한쪽 무릎을 꿇으며 고개를 숙였다.

"경이 이들에게 일을 배분하라. 15세 이상의 청소년이나 성인을 대상으로 여신께 공양할 금을 채굴하게 하라."

"주군, 모든 사람을 금광에 넣기는 인원이 너무 많습니다."

"남는 인원은 건설과 농업에 적절히 배분하도록. 단, 광산 일은 고단하니 교대로 근무하도록 배려하라."

"관대한 처사에 감사드립니다."

아론은 주변을 둘러봤다.

다들 열망에 타오르는 눈으로 그를 주시하고 있었다.

주변의 시선 따위는 태연하게 받아넘긴다.

신성 군주를 표방하는 순간, 얼굴에 철판 깔 각오는 했다.

연기도 하다 보니 익숙해지는 것 같기도 하고.

"모두 맡은 바 임무에 충실해라."

"네, 영주님!"

사람들이 흩어졌다.

이제야 따끔거리는 시선이 사라졌다.

아론은 작게 한숨을 내쉬며 칼슨에게 물었다.

"에리아 경에게 보고는 없었나?"

"지금쯤 도착했을 겁니다. 아까 전령이 도착했다는 소식을 들었거든요."

"가지."

아론은 간만에 영주성으로 복귀했다.

얼마 전까지는 파이온 시에서 망가진 내정을 복원하려 애썼으며, 곧바로 하르덴 요새까지 이동해 전투를 벌이는 등 눈코 뜰 새가 없었다.

다음 침공까지 시간이 비교적 넉넉하기도 했으므로 지금부터는 진득하게 내정을 다스리며 전투에 대비할 것이다.

영주성 3층.

아론이 도착했다는 연락을 미리 받지 못했던 레냐가 달

려와 안겼다.

"오빠!"

"레냐! 잘 지냈느냐?"

"네! 요즘 수학에 푹 빠져 있어요."

"농업도 등한시해서는 안 된다."

"걱정 마세요! 윈드를 이용해 수로를 팔 수 있는 기구를
만들었거든요."

"……!"

안부 인사나 하고 에리아 경의 서신을 확인하려던 아론
은 깜짝 놀랐다.

마법으로 수로를 판다고?

땅 계열 마법인 '디그'가 필요하다고 생각해 반쯤 포기
하고 있었는데, 이 영특한 아이는 아론이 없는 사이 엄청난
발명품을 만들어 냈다.

"헤헤, 저 잘했어요?"

"정말 잘했구나."

사랑스럽지 않을 수 없다.

가끔 착각하게 되는 것이 바로 이런 점이다.

레냐 오라클은 고작해야 10살 정도로밖에 보이지 않았는
데, 생각하는 수준이나 재능을 보면 성인을 뛰어넘는다.

애교를 부리는 것은 아론에 한정한다.

평소에는 전혀 그렇지 않다고.

"지금은 처리할 일이 있어 바쁘지만 내일 정도면 시간이 날 것 같으니 내게도 한 번 보여 다오."

"물론이죠! 오빠를 위해 만든 거니까요."

"그래, 그래."

아론과 칼슨 경은 동시에 흐뭇하게 웃었다.

레냐를 보면 자동으로 삼촌 미소가 지어지는 것이다.

그녀를 보고 있다 옆에 서 있던 샤론 왕녀와 눈이 마주쳤다.

"영주님, 저희 라파논의 병사들을 구원해 주셨다고 들었어요. 한때 왕녀였던 자로서 감사드립니다."

"……."

레냐의 발명품도 놀랍지만 어떤 의미에서는 왕녀의 변화가 더 놀라웠다.

'내가 알던 철부지 왕녀 맞나?'

그녀가 개과천선(?)하기 전에 말도르 경과 마주했다면 쌍욕을 먹었을 정도의 발암 캐릭터였다.

그랬던 소녀가 바깥세상의 쓴맛을 보더니 예의가 굉장히 발라졌다.

정말 적응이 되지 않을 지경이었다.

"레냐를 도와주어 고맙다."

"별말씀을……. 레냐는 친구예요. 제게 있는 재주라고는 수학밖에 없지만, 레냐에게는 많은 재능이 있어 오히려 배우고 있어요."

"그래, 사이좋게 지내라."

인사를 하고 지나치려던 아론은 문득 하르덴 요새에서 구한 마법서에 생각이 미쳤다.

인벤토리에서 마법서를 꺼내자 보고 있던 사람들이 흠칫 놀랐다.

"선물이다."

"마, 마법서인가요!?"

[파이어 웨이브(Fire Wave)]

화염계 대량 살상 마법이다.

이 마법을 레냐가 어떻게 사용하느냐에 따라 다음 챕터의 전황이 바뀔 수도 있다.

복잡한 마법을 대침 공전까지 익혀야 한다는 전제가 붙긴 하지만.

레냐는 마법서를 선물 받고 뛸 듯이 기뻐했다.

"반드시 보름 안에 익히도록 할게요!"

"가능하겠느냐?"

"저 혼자였다면 불가능해도 이제 수학을 잘하는 친구가 있거든요!"

아론이 샤론을 바라보자 그녀가 가볍게 고개를 숙였다.

애초에 그녀를 레냐에게 붙여 놓은 이유도 이 때문이었
다.

마법이라는 학문 체계가 대부분 수학으로 이루어져 있다
는 것.

'기대해 봐도 되겠는데?'

아론의 집무실.

그는 흐릿한 등잔에 에리아의 서신을 비추었다.

[주군께 보고합니다.

저를 비롯한 특수 정보부 요원들은 영지 남쪽 하루거리
에 있는 베르칸 영지의 요새부터 조사했습니다.

하툰 요새에 배치되어 있는 병력은 약 200명이었으며,
대지는 마기로 인해 오염됐습니다.

병사들의 상태는 한눈에도 정상이 아니었으며, 일부 주
민들에게도 '변이'가 일어난 것으로 보입니다.

변이가 일어나기 시작하면 눈동자는 검어지고, 온몸에
징그러운 핏줄부터 돋아납니다. 그 이후 피부색이 검붉게
변하며 송곳니와 이빨이 도드라지는 것이 흡사 흡혈귀를
연상케 하였습니다.

…중략…

베르칸 본성도 상황은 마찬가지입니다.

변이된 괴물들은 백성을 잡아 식량으로 사용했습니다.

본성에도 변이된 백성들이 많으므로 이곳을 살아가는 정상적인 주민들은 언제 끌려갈지 몰라 공포에 질려 있습니다.

총 병력 2천 정도로 추산되며 변이된 백성들은 200명가량이나 빠르게 증가하고 있는 추세입니다.]

"……."

보고서를 모두 읽은 아론은 한숨을 내쉬었다.

'이변은 없었다.'

챕터 3에 등장하는 침식된 인간들은 일반인보다 1.5배에 달하는 능력을 발휘한다.

거기에 더해 총 병력 2천으로 아론이 보유하고 있는 병력의 두 배 이상이다.

본능이 몸을 지배하지만 인간 수준의 두뇌를 가지고 있었기에 사실상 강화된 적병과 전쟁을 치르는 양상이었다.

백작이 공성 병기까지 동원하지는 않겠지만, 일반적인 방법으로 적을 상대하려 한다면 필패다.

아론은 칼슨 경에게도 보고서를 읽게 했다.

그의 표정 역시 시시각각으로 변했다.

"주군! 영지 하나가 통째로 악마에게 잠식되어 지옥으로 변했다는 소식 아닙니까!?"

"정확하다."

"그런 괴물이 2천이라니……. 보통 심각한 문제가 아닙
니다."

"승리할 수 있다."

"방법이 있으십니까?"

"여신께서 계시하셨으니 패배할 리 없지."

"오오! 저는 믿고 있었습니다!"

아론은 고개를 끄덕였지만, 쉽게 승리한다고는 말하지
않았다.

많은 사상자가 발생할 것이다.

얼마나 적은 피해로 클리어느하냐가 관건이었다.

이른 시간부터 바쁘게 움직이는 영지의 새벽.

후안 아드발은 '방문객'의 신분으로 막사를 배정받았다.

그가 일어나기도 전에 시끄러운 소리들이 들려 나와 보
니 식사를 하는 영지민들의 모습이 보였다.

"아니, 벌써?"

주변이 아직 컴컴하다.

이제 동이 트기 시작하는데 백성들은 작업복을 모두 갖
춰 입은 채 배식을 받았다.

질서 정연하게 줄까지 서는 모습은 적응이 되지 않았다.

대륙이 멸망지경에 이르며 가장 중요한 문제는 음식이었다.

어딜 가나 식량은 부족했고, 밀 한 줌에 서로를 죽일 만큼 식량난이 심각했다.

후안은 모든 사람에게 배식하는 모습을 보며 감탄했다.

넉넉하진 않아도 배를 곯을 정도는 아니다.

빵 두 덩이와 스프 한 국자.

갓 구운 빵은 부드러웠고, 스프는 되직했다.

'맛있다!'

빵에 무엇을 넣었는지 배식치고는 상당한 맛이었다.

스프는 고소했으며 다 먹고 나자 배가 든든하게 찼다.

배식을 하는 병사들은 결코 넘칠 만큼 담아 주지 않았지만, 그렇다고 부족하지도 않았다.

후안은 옆에서 식사하고 있는 백성에게 질문했다.

"이보게, 이렇게 배식하면 식량이 남아나나?"

"여신께서 주기적으로 식량을 내려 주시니까요."

"여신께서?"

"이번에 구출된 기사분이라면 모를 수도 있겠군요. 기적처럼 식량이 생겨납니다."

"허⋯⋯."

몇 명의 백성들에게 물어봐도 같은 대답이었다.

식량이 떨어지면 신성 군주가 직접 공물을 바치고 기도를 올려 밀을 '창조' 받는다고.

생존에 가장 필수적인 식량이 해결되자 치안은 매우 안

정되어 있었다.

치안을 위한 병사들이라고는 몇 되지도 않지만, 백성들은 문제를 일으키지 않았다.

식사 후에는 각자의 일터로 향한다.

노동을 하면서도 백성들의 얼굴에서는 '희망'이 피어나 있었다.

후안의 가슴이 들끓기 시작했다.

'내가 신성 군주를 평가하려 했다니. 어리석은 짓이었다.'

멸망하는 세계의 유일한 등불.

바로 충성을 맹세하지 않은 것이 후회됐다.

후안 아드발은 신성 군주에게 충성할 것을 다짐했다.

오전 회의가 시작되기 전, 영주성 대전에서 이벤트가 있었다.

가신들이 모두 모이고 아론이 도착하자 후안 아드발이 들어온 것이다.

'제발 대리석은 깨지 말자.'

후안이 비장한 표정을 지을 때부터 짐작하고 있었다.

이 시대 기사들은 비교적 순한 맛이다.

정치에 절여지지 않아 순진했고, 약간의 신앙심이라도 가지고 있다면 마음을 돌리게 하는 것은 어렵지 않았다.

문제라면,

쿠웅!

'결국 저질렀군.'

후안 아드발이 대리석에 머리를 박으면서 금이 갔다.

그의 이마도 함께 깨지며 피가 흘렀다.

그러나 여기서 멈춘다면 이 시대 기사가 아니다.

쿵! 쿵!

"남작님께 죄를 청합니다!"

아론은 눈살을 찌푸리다가 애써 근엄함을 되찾았다.

"경이 무슨 죄를 지었나."

"잠시 신성 군주를 시험하려 한 죄입니다! 영주님은 이 시대의 마지막 등불이시니, 이 어리석은 기사를 거두어 주시기를 간청하나이다."

"기사단 말석이라도 좋다면."

쿵! 쿵!

"이제 이 하찮은 목숨은 주군의 것입니다!"

후안은 피를 줄줄 흘리며 기사들의 말석으로 이동했다.

기존의 기사들은 그 광경을 매우 아름답다고 생각했다.

"머리에서 흐르는 피의 양으로 보니 각오가 된 모양이군."

"누가 그렇지 않겠습니까? 대륙에서 군주는 주군만 남게 될 텐데요."

아론은 혀를 한 번 차고는 회의를 시작했다.

첫 의제는 단연 식량이었다.

지금 상황에서 식량은 금광에 의지할 수밖에 없었다.

즉, 금광에서 얼마나 많은 금이 채굴되느냐에 따라 더 버틸 수 있을지, 없을지 판가름 나는 것이다.

영지의 총원이 7천에 가깝게 늘어난 지금, 식량이 부족해지면 신정 일치고 뭐고 전부 깨질 수밖에 없다.

"레미나 경, 여신께 공양할 제물은 잘 마련되고 있나."

"그들은 주군께서 얼마나 큰 은혜를 베풀었는지 알고 있습니다. 배급 역시 잘 이루어지고 있기에 큰 불만 없이 일하고 있습니다."

"보름 전에 식량이 떨어질 것이다. 그때까지 15만 골드를 목표로 채굴한다."

"어떻게든 해 보겠습니다."

아론은 담담한 표정으로 회의를 해 나가고 있었지만 사실 살얼음판이었다.

조금이라도 삐끗하면 모든 것을 잃을 수 있었기에 매우 신중하게 일을 처리해야 한다.

경제가 완전히 망가진 상황이었다.

정책을 펴는데 한계가 있다는 뜻인다.

아론은 그 점을 명시했다.

"정책은 건설, 농업, 위생으로 압축한다."

가신들은 고개를 끄덕였다.

위생에 관련된 부분에 태클이 들어오지 않는 것은 처음부터 강조한 부분이었기 때문이다.

먼저 건설.

"제피드 경, 남부 비오른 요새 복원은 어찌 되고 있나?"

"건설부 모든 직원을 공사에 투입한다고 가정했을 때, 20일 정도 소요될 것으로 보입니다."

"해자는 파고 있나?"

쿵!

"……."

제피드 브라이넌이 앞으로 튀어나와 바닥에 머리를 박았다.

아론의 눈썹이 꿈틀거렸다.

후안이 머리를 박았던 그 자리였다.

"주군! 어떻게든 노력하고 있으나 해자를 파기에는 인력이 부족하옵니다."

"만약 땅을 마법으로 팔 수 있는 발명품이 있다면?"

"예……?"

아론의 말에 제피드는 물론, 모든 가신들의 눈이 반짝였다.

땅을 파는 기계?

그런 것이 있다면 공사는 한결 수월해질 것이다.

삽질이 아무것도 아닌 것 같지만, 엄청난 노동력을 필요로 하는 일이다.

땅을 파는 것은 공사의 기본.

수로와 해자는 말할 것도 없고, 집을 하나 지어도 터를 파야 한다.

삽질은 모든 공사에 필수인 만큼 땅 파는 기계는 획기적인 발명품이었다.

"기계의 성능을 확인해 보아야 합니다만⋯⋯. 어느 정도 수준입니까?"

"그건 레냐에게 물어보도록."

"아가씨께서!?"

웅성웅성.

레냐에게 시선이 집중된다.

그녀는 오른손으로 V를 그렸다.

"헤헤헤."

"아가씨! 그 기계는 어느 정도의 성능을 보이는 것입니까!"

제피드가 살짝 흥분했다.

그는 공사에 뼈를 묻기로 했기에 기계의 성능은 가장 중요한 문제였다.

"수로를 어렵지 않게 팔 정도? 사람 100명이 삽질하는 것보다 나을걸요."

"정말 대단하십니다! 아가씨는 천재예요!"

"회의 끝나면 나가서 직접 보여 주도록 하죠."

"감사합니다!"

건설 부장은 정말 기뻐했다.

땅을 파는 일이 고단하긴 했던 모양이다.

"건설 부장."

"예, 주군!"

"레냐의 발명품이 있으면 인시드 강의 지류를 끌어올 수 있겠나."

"해자까지 말이군요."

"인위적으로 강을 끌어와 요새 앞을 막을 수 있냐는 거다."

"기계 성능에 따라 다를 것 같습니다."

아론은 즉석에서 설계도를 그렸다.

전쟁 관련 작전과 깊은 관계가 있는 그림이었다.

인공적으로 강의 지류를 만들고 상류를 댐으로 막는다.

"댐은 굳이 튼튼하게 만들 필요 없다."

"설마, 터트리려 하는 것입니까!?"

"맞다."

웅성웅성.

설계도는 가신들이 돌려봤다.

기사들은 뛰어난 작전이라 생각했다.

레냐의 발명품이 아니라면 도저히 할 수 없는 작전이었다.

'이번 웨이브를 최소한의 피해로 막으려면 살수 대첩을 참고할 수밖에 없지. 레냐의 발명품이 아니더라도 반드시 해야만 하는 일이었다.'

아론이 게임으로 플레이할 당시에는 작업을 위해 모든 병력을 갈아 넣어야 했다.

백성과 기사까지 동원해 삽질을 해야 했으니, 그 후유증이 만만치 않았다.

하지만 레냐의 발명품으로 수월하게 수로를 만들 수 있을 것이다.

건설은 이 정도로 넘어갔다.

다음은 농업.

"농지에서 물이 빠지는 즉시 파종한다. 그 전에 농업용수를 댈 수로를 파고 치수를 정확하게 잰다. 치수는 샤론이 잴 것이며, 모든 농지는 백성들에게 임대한다. 그 대가로 60%의 세금을 책정할 것이다."

"제, 제가요?"

샤론은 가만히 앉아 있다가 깜짝 놀랐다.

가신의 신분도 아닌 그녀가 회의까지 불려 왔기에 뭔 일인가 싶었는데, 중책을 맡게 된 것이다.

"못하겠나?"

"해요! 무조건."

샤론은 눈을 반짝였다.

여기서 지내는 동안 목표라도 세운 모양이었다.

치수에 대한 문제는 이 정도로 해결했다.

세율이 60%면 꽤 살인적으로 보일 수도 있지만, 지금 같은 상황에서는 그리 많은 것도 아니다.

작황에 따라서는 세율이 좀 더 높아질 수 있었다.

"농사를 지으려면 안전해야지. 몬스터 토벌은 마이어 경이 맡는다."

"예, 주군!"

"내년 봄이 되면 세금이 들어올 거야. 카일 경은 경제를 돌릴 수 있도록 계획해라."

"허허허! 꽤 바쁘겠군요."

"위생 관련해서는 목욕탕을 짓겠다. 후안 경이 맡도록."

"예!?"

오늘 충성을 맹세한 기사 후안 경은 깜짝 놀랐다.

설마 건설 관련 중책을 맡을 거라고는 생각도 못 했던 것이다.

"기사로 임관하기 전에 목수였을 텐데. 부친도 목수로 일하지 않았나."

"그, 그걸 어찌 아셨습니까?"

"여신께서는 모르시는 것이 없다."

아론은 근엄한 표정을 지었지만, 입꼬리가 자꾸 뒤틀리는 것을 억지로 참았다.

'신앙을 체제로 선택하길 잘했다. 명분에 관해서는 만능 치트 키니까.'

해가 중천에 걸리기 시작한 오후.

본령 동쪽 농지로 많은 사람이 몰려들었다.

근처에서 일하고 있던 농부는 물론, 도시에서도 구경을 위해 많은 사람들이 몰려나온 것이다.

굳이 소문을 크게 낼 필요도 없었다.

레냐 오라클이 땅을 파는 획기적인 기계를 발명했다는 정보만 풀었다.

이토록 많은 사람이 관심을 갖는 것은 땅을 파는 자체가 중노동이었던 탓이다.

구경을 온 것은 가신들도 마찬가지였다.

빨리 가동하지 않으면 일에 차질이 생길 정도라 아론은 시험 가동부터 하고자 했다.

범위는 농지에서 저수지까지다.

홍수로 각 저수지가 넘칠 정도로 찼기에 농지까지 연결만 하면 농사를 짓는데 많은 도움이 될 것이다.

"자, 그럼 가동을 시작할게요!"

웅성웅성.

기대감은 더욱 커졌다.

발명품은 물레방아 같은 모양을 하고 있었다.

물레방아 한 축마다 곡괭이와 삽을 합친 모양새다.

이런 축이 20개나 달려 있었다.

레냐는 물레방아 회전축에 마력을 불어넣었다.

그그그극!

육중한 기계가 회전을 시작했다.

퍼억!

곡괭이가 먼저 땅을 파고 들어가면 그 뒤에 달린 삽이 흙을 퍼낸다.

흙은 반 바퀴를 돌아 좌우로 알아서 빠져나갔다.

파바바밧!

시간이 흐를수록 회전은 더욱 빨라졌다.

"오오오!"

물레방아는 순식간에 3m가량을 파고들었다.

더욱 놀라운 사실은 물레방아에 달린 4개의 바퀴가 알아서 전진한다는 데 있었다.

이만하면 자동 굴착기로 사용할 수 있을 것 같았다.

건설 현장뿐만이 아니라 농업, 광업, 전쟁 등 활용할 수 있는 방안은 무궁무진했다.

아론은 물레방아가 영지에 큰 도움이 될 것임을 직감하였다.

'헬 난이도에 전혀 어울리지 않는 기계다!'

게임에서는 듣도 보도 못한 발명품이었다.

레냐는 어떻게 이걸 발명하게 된 것일까?

아론은 2년 내내 방구석에 처박혀 디펜스 워를 플레이했었지만, 레냐가 이토록 강력한 발명품을 개발한 광경을 본 적이 없었다.

'유대 관계가 영향을 미쳤을 수 있다.'

이곳은 게임이 아닌 현실.

혈육 간의 유대를 강화한 것이 나비 효과를 만들었다고 생각했다.

물레방아는 저수지를 향해 거침없이 나아갔다.

기계를 사용하다 보니 부스러기도 꽤 남았고 단면이 매끄럽지 않았지만, 이걸 다듬는 정도야 직접 공사하는 것에 비하면 일도 아니었다.

레냐는 반 정도 전진한 후 가동을 멈추었다.

"지금은 제가 직접 마력을 불어 넣어야 하지만 광산에서 마석이라도 발견하면 일반인도 다룰 수 있도록 개조할게요!"

"와아아아아!"

백성들이 환호성을 내질렀다.

특히 건설 부장 제피드 경과 휘하 직원들은 광적인 기쁨에 휩싸였다.

기쁜 것은 아론도 마찬가지였다.

그는 레냐를 번쩍 들어 올렸다.

"네가 이 영지의 보배다!"

하루에 몇 시간 정도는 레냐가 직접 현장에 투입되어야 하겠지만 공사 속도는 상상을 초월하게 될 것이다.

땅을 파야 하는 수로, 해자, 저수지 등의 공사는 **빠르고** 적은 노동력으로 완성할 수 있었다.

'건설 물레방아를 이용하면 도로 공사도 **빠르게** 할 수 있을 것이다. 응용판으로는 굴착기가 있지. 광산에서 마석이라도 하나 발견한다면 더욱 빠르게 채굴이 가능할 거야.'

"레미나 경!"

"예, 주군!"

"광산 인부들에게 포상금을 걸어라! 물레방아를 돌릴 수 있을 정도의 마석을 발견하는 팀은 모조리 면천이다."

"바로 시행하겠습니다!"

광산에 투입된 파이온 가문 출신 광부들은 경쟁적으로 일할 것이니, 일석이조였다.

레냐의 발명품은 영지 전반에 굉장한 파급력을 만들었다.

그녀는 100명이 삽질을 하는 효과라고 했지만, 실질적으로는 그 이상이었다.

건설 물레방아의 효율은 상상을 초월했다.

레냐의 마력 때문에 하루에 가동할 수 있는 시간은 3시간 남짓이었지만, 그 시간 동안 많은 일을 할 수 있었다.

순식간에 수로 하나를 완성했으며, 거대한 농지에 십자(十) 형태의 농로를 뚫는데 성공했다.

모두 하루 만에 일어난 일이었다.

레냐의 발명품이 전투의 난이도를 낮추지는 않겠지만, 간접적으로는 충분히 이용할 수 있었다.

내정 관련해서는 이보다 좋은 발명품이 없었으니 앞으로가 더 기대되었다.

레냐는 물레방아의 시험 가동에 기뻐하며 다른 물건도 발명하겠다며 방에 틀어박혔다.

아론은 넌지시 굴착기에 대한 이야기를 했다.

오라클 영지의 젖줄은 광산이다.

광산에서 캔 금을 식량으로 바꾸었으므로 어떻게든 채굴 효율을 높여야 한다.

그걸 레냐도 알아들었다.

굴착기에 이어 드릴도 발명을 해 보겠다며 의지를 불태웠던 것이다.

마석에 대한 포상금을 걸자 광부들 사이에서도 많은 변화가 일어났다.

[마석을 발견하면 그 팀 전체가 면천이라고!?]

[6개월이나 걸릴 일을 하루 만에 끝낼 수 있다는 소리잖아? 빨리 면천되어야 토지를 받지! 남들보다 뒤쳐질 수는 없다!]

[일하자고!]

매우 긍정적인 변화였다.

광부들은 어떻게든 마석을 발견하기 위해 광전사로 변신(?)해 곡괭이질을 했다.

레미나 경의 보고에 의하면 채광 효율이 50%는 증가했다고 한다.

너무 열심히 일하는 바람에 레미나 경이 나서서 말릴 정도였다고도 했다.

일반 백성들에게도 변화는 일어났다.

빠르게 농지가 편성됨에 따라 가족 중 몇 명은 반드시 농사에 투입된 것이다.

이는 정책과 합쳐진 시너지 효과였다.

[각 가정에 농지 한 필지를 임대한다.]

[한 필지의 크기는 가정 구성원 숫자에 비례한다.]

[임대료와 세금을 합산해 소출의 60%를 징수한다.]

[파종에 필요한 모종은 영지에서 지원한다.]

오라클 영지의 체제는 신정 일치였지만, 기본적으로 군주제를 표방하고 있었기에 무상으로 땅을 제공할 수는 없었다.

그랬다가는 언젠가 지주가 탄생할 수도 있었고, 여러 가지 문제를 야기할 수 있는 것이다.

가뜩이나 헬 난이도의 운영이 클리어 불가에 이를 수 있었으므로 그런 문제들은 원천 봉쇄하는 편이 나았다.

아론은 샤론이 치수를 잰 농지를 각 가정에 분배하는 한편, 영지 직속의 농지도 개간하는 작업에 착수했다.

세율은 60% 정도로 책정해 꽤 높은 수준이었지만, 앞으로도 쭉 비대한 군비를 감당해야 한다.

인구 대비 10%라는 미친 수준의 병력을 유지하기 위해서는 갖은 수단을 다 동원해도 모자랐다.

이 때문이라도 아론이 운영하는 농지가 필요한 것이다.

공공 농지는 첫 삽을 떴을 뿐이다.

하지만 이 역시 곧 해결될 것이라고 봤다.

레냐는 트랙터 비슷한 마도구도 개발할 것이라고 했으니까.

대충의 정책 방향을 잡은 아론은 샤론과 함께 공공 농지 예정지를 걸었다.

사박. 사박.

잡초가 무성한 땅.

기본적으로 매우 기름지다는 뜻이다.

얼마 전 인시드 강이 범람하는 바람에 아무것이나 심어도 잘 자랄 것이다.

'어쩌면 클리어가 가능할지도 모르겠다.'

아론은 항상 살얼음판을 딛는 기분으로 살았다.

식량, 병력, 인구, 자금 등 모든 것이 부족한 상황에서 하루가 다르게 웨이브가 다가오고 있었다.

매일 불면증에 시달릴 정도로 스트레스가 심했던 것이다.

이제는 희망이라는 것이 생겼다.

헬 난이도 게임의 원코인 플레이.

운이 따라 준다면 끝까지 쭉 발전해 클리어할 수도 있겠다는 생각이 들었다.

"백성들이 정말 기뻐하는 것 같아요."

아론이 생각에 잠겨 있을 때, 샤론이 말을 걸었다.

그녀가 발암 덩어리 왕녀였다면 신경을 껐겠지만, 이제 없어서는 안 될 중요한 인재였으니 친절하게 답변한다.

"임대라지만 사유 재산이 생겼기 때문이지."

"어떻게 그런 정책을 생각해 내셨나요?"

"효율적이기 때문이다. 강제로 일하는 것과 아닌 것의 차이는 크다. 인간은 희망을 잃으면 생존할 이유를 잃는 법이거든."

"······!"

아론의 말에 샤론은 깜짝 놀랐다.

'삶을 관통하는 말씀이구나.'

인간은 지금보다 더 나아질 것이라는 희망으로 살아간다.

그 희망이 언젠가 욕망으로 변질되며, 많은 문제를 일으키기도 하지만 원래 인간은 그런 존재였다.

아론은 몸을 돌려 샤론을 바라봤다.

"레냐의 발명품에 네가 관여했다는 사실은 알고 있다."

"어떻게 아셨나요?"

"기계는 공학의 결정체야. 수학이 관여하지 않을 수 없지."

건설 물레방아는 대충 만들어진 것처럼 보여도 복잡한 수학이 적용되어 있었다.

조금이라도 치수가 엇나가면 빨리 망가지거나 제대로 된 효율을 낼 수 없는 것이다.

레냐도 천재 마법사로 불렸기에 수학을 곧잘 했지만, 샤론은 수학을 근본부터 배운 여자였다.

"기특한 생각을 했어."

"레냐는 제 친구랍니다."

"친구를 위해 만들었다?"

"레냐가 영주님을 위해 노력하고 있기에 도운 것뿐이죠."

"고맙구나."

"별말씀을."

샤론은 우아하게 치맛자락을 잡으며 인사했다.

햇볕에 그을리고 농지 치수를 재느라 흙투성이였지만, 오랜 시간 왕가에 몸담았던 티가 났다.

'이대로만 가면 좋으련만.'

내정의 난이도가 조금 낮아졌다.

역시 좋은 인재를 배치해야만 모든 분야에서 성과를 내는 법이었다.

하지만, 디펜스 워는 디펜스 워다.

두두두두!

멀리서 급하게 전령이 달려오는 꼴을 보니 뭔가 일이 터진 것이 틀림없었다.

"영주님께 아룁니다!"

"무슨 일이 생겼나."

"에리아 경이 도착하였는데, 부상을 입으셨습니다."

"……."

곁에 있던 샤론이 깜짝 놀란 표정을 지었지만, 아론은 담담하게 전령을 바라봤다.

백작령으로 정찰을 보낸 순간부터 짐작은 하고 있었다.

적진으로 들어갔으니 살아남은 것이 용했다.

"얼마나 다쳤나."

"여기저기 잔 상처가 많아 피를 많이 흘렸지만 생명에는 큰 지장이 없는 것으로 압니다."

"알겠다. 세이라는 파견됐나?"

"치료소에서 치료하고 계십니다."

"곧 가지."

"예!"

아론은 안도의 한숨을 내쉬었다.

'지금 에리아 경을 잃는다는 것은 엄청난 손실이다. 살아 돌아와서 다행이지.'

그는 농지를 벗어나 말 위에 올라탔다.

걱정이 된 모양인지 샤론 역시 말에 올랐다.

"너는 굳이 오지 않아도 된다."

"우리는 이제 운명 공동체잖아요?"

"운명 공동체라······."

"전에는 제가 어리석었어요. 과거의 영광에 집착했고, 그 탓에 저를 따르던 많은 병사들이 죽었죠. 많이 반성했어요. 그리고 왕녀라는 신분을 내려놓으니 다른 꿈이 생기지 뭐겠어요."

"다른 꿈?"

"영주님이 만드실 나라의 관료가 되어 돕고 싶다는 꿈이요."

"응원하마."

아론은 작게 미소 지으며 말을 몰았다.

'알아서 갈려 나가 주겠다면 환영이지.'

제10장
실체

오라클 영지 본령 치료소.

아론이 도착하기도 전부터 성스러운 빛이 흘러내리고 있었다.

에리아 경이 다쳐서 돌아오자 가신들이 하던 일을 멈추고 병문안을 왔다.

실질적인 위협이 다가오고 있었기에 백작령에서 무슨 일이 있었던 것인지 확인하려는 의도도 있었다.

아론이 치료소에 도착하자 막사 밖에서 대기하고 있던 경비병들이 인사해 왔다.

"오셨습니까, 영주님!"

"수고한다."

아론이 가볍게 인사를 받아 주고는 안으로 들어왔다.

실내로 들어오자 피비린내가 진동했다.

야전 침대에는 4명의 여성이 차례대로 누워 있었다.

에리아를 비롯한 특수 정보부 요원 전원이 부상을 입었다.

그중 두 명은 상태가 매우 심각했다.

"주군……."

아론이 도착하자 가신들이 좌우로 물러났다.

에리아의 침상도 피투성이였다.

해체된 갑옷에는 화살이 세 대나 박혀 있었다.

자잘한 상처가 많아 온몸을 붕대로 칭칭 감았다.

듣던 대로 창백한 얼굴이었다.

아론은 에리아의 손을 붙잡았다.

"돌아와 주어 고맙다."

"죄송……합니다. 제 능력이 부족해 대원 하나를 두고 올 수밖에 없었습니다."

"경의 몸은 어떤가."

"저보다는 레베카 요원의 상태가 심각합니다."

"알겠다. 우선 치료부터 하겠다."

도저히 이야기를 먼저 들을 상태가 아니었다.

에리아는 아론과 잠시 대화를 나눈 후 기절해 버렸다.

이 이야기를 하기 위해 지금까지 버티고 있었던 것이다.

아론은 레베카 요원의 상태를 살폈다.

"세이라, 레베카는 살 수 있겠나?"

"심장에 치명상을 입어 손을 쓸 수가 없었어요. 상처는 치료했지만 혈액이 새는 것이 분명해서……."

"그런가."

사제의 기적도 만능은 아니다.

도저히 손쓸 수 없을 정도의 치명상은 수술을 해야 했는데, 여기서 그런 짓을 했다가는 더 고통스럽게 죽을 것이다.

심장에 화살을 비켜 맞고도 지금까지 버틴 것이 기적이었다.

포션으로 숨만 붙여 온 모양이다.

심장에서 피가 샌다는 것은 내출혈을 일으켰다는 뜻이다.

그 출혈을 잡아야 했는데, 전문 수술 도구와 심장 외과 전문의가 없는 이상 생존하기란 어렵다.

레베카는 창백한 얼굴로 아론을 바라봤다.

"영주님……."

"고생 많았다."

"저는 살 수 있나요?"

아론은 고개를 저었다.

거짓말을 하면 레베카의 마음이야 편하게 할 수 있겠지만, 그래서는 안 된다.

곧 죽을 사람에게 왜 거짓말을 한단 말인가?

유언을 하게 두는 편이 낫다.

레베카는 아론의 손을 붙들었다.

"영주님, 저는 천국에서 기다리겠습니다. 그 전에 한 가지 소원을 들어주실 수 있나요?"

"말해라."

"여성에게 더 많은 기회를 부여해 주셨으면 합니다."

"그것이 소원인가."

"예……. 이 시대 여성들은 많은 기회를 박탈당하고 있습니다. 다행히 저는 천운을 타고나 기용될 수 있었지만 용기 있는 자들을 더욱 기용해 주시길 간청 드립니다."

"이미 그렇게 하고 있다. 실력만 있다면 병사든, 기사든, 관료든 될 수 있을 거야. 다만 신체의 불리함은 스스로 극복해야 한다."

"다행입니다."

레베카는 환하게 웃었다.

아론은 그녀가 죽을 준비가 되었다는 뜻으로 이해했다.

심장이 고쳐지지 않아 몸이 퉁퉁 부어올랐다.

온몸의 장기들이 괴사하고 있을 터이다.

목숨만 붙여 놓는다는 것은 레베카에게도 안 된 일.

아론은 그녀의 머리를 붙들었다.

"베르칸 백작은 악마에게 침식되었다. 그들을 염탐하고

정보를 가져온 것은 영지가 살아남는데 매우 귀중한 자료가 될 것이다. 이만하면 천국의 상급을 받을 자격이 충분하다. 여신께서도 그 사실을 알고 있을 터."

"……미련 없이 죽을 수 있겠어요."

우두둑!

아론은 그녀의 목을 돌려 즉사시켰다.

천국에 갔는지는 모르겠지만, 그런 믿음을 갖고 죽었다는 것이 중요하다.

두려움 없이 죽었다면 그것으로 됐다.

"여신의 축복이 함께하기를."

아론이 축도하자 가신들이 고개를 숙였다.

이번에는 왼쪽 팔이 괴사하고 있는 여자였다.

이름은 알란이다.

"알란, 왼팔을 잘라야 한다."

"잘라 주세요."

"괜찮겠느냐?"

"어차피 저는 오른손잡이예요. 야만의 시대에 매일 사람이 죽어 나가는데 팔 하나 없는 것은 문제가 아니라고 생각합니다."

"그런가."

정신이 매우 강한 여자였다.

이 시대 여성들이라고 해도 용기가 없는 것은 아니었다.

그녀의 말대로 야만의 시대를 살아왔기에 어떤 부분에서는 남성을 뛰어넘는 부분도 있었다.

위생병도 아니고 일선에서 위험하게 작전을 해야 하나 싶었지만, 그조차 아론의 편견일 뿐이었다.

지독하게도 사람이 없는 시대.

능력만 있다면 남녀노소를 불문하고 기용해야 한다.

아론은 대화를 하던 도중에 팔을 잘라 버렸다.

서걱!

"으읍!"

치이이익!

"아아아악!"

간단하게 절단면을 지진 후 힐을 걸어 외상을 회복시켰다.

괴사된 팔은 구하지 못했지만, 천만다행으로 팔꿈치 아래만 날아갔다.

"의수만 제대로 만든다면 몸에 균형을 잡는 데는 문제가 없을 것이다. 생활은 좀 불편해지겠지만."

"하아, 하아. 괜찮……습니다."

"편히 쉬도록."

수술(?)을 마친 알란은 그대로 기절해 버렸다.

깊은 한숨이 새어 나왔다.

아론도 이제 익숙해졌지만, 사람 팔을 생으로 절단한다

는 것은 많은 정신력이 소모되는 일이었다.

"다들 편하게 쉬게 둔다. 대화는 저녁에 할 것이니, 다들 돌아가서 일하도록."

"예, 주군."

병문안을 왔던 가신들이 흩어졌다.

영지의 가신이 반쯤 죽어서 왔지만 영지는 활동을 멈출 수 없다.

중요한 일들을 처리하던 사람들이 모였다는 것만으로도 병문안의 의미는 충분했다.

그날 밤.

힘겨운 하루를 보냈던 가신들이 에리아 경의 숙소로 모였다.

반나절 만에 에리아의 얼굴은 많이 회복되어 혈색이 조금 돌아왔다.

다만 완전히 회복된 것은 아니다.

"누워 있어라."

"아닙니다. 주군께서 친히 왕림해 주셨는데 가신이 되어 누워 있을 수는 없습니다."

"정 그렇다면 벽에 기대고라도 앉아라."

"감사합니다."

에리아는 거친 숨을 몰아쉬었다.

베르칸 백작령에 직접 침투하여 살아 돌아왔으니 천만다행이다.

'무식하게 본령까지 들어가다니. 그냥 살펴만 보고 오라니까.'

속으로는 한숨이 나왔지만 책망할 수 없다.

자세한 전력을 확인하는 것도 중요한 일이었기 때문이다.

그녀는 부하를 잃었다는 슬픔 때문에 잠시 입술을 짓씹었지만 곧 신색을 회복했다.

이 시대에 사람이 죽는 것은 당연한 일이었으니까.

애도하는 것만으로도 예를 다한 것이다.

"저 역시 주군의 명령에 따라 본령에 직접 침투할 생각까지는 없었습니다. 하지만 도시 전체가 검은 안개에 휩싸여 어쩔 수가 없는 노릇이었지요."

"멀리서는 식별이 어려웠나."

"불가능했습니다."

그제야 아론과 가신들은 에리아가 왜 그렇게 위험천만한 모험을 했는지 알게 되었다.

웨이브가 올 때처럼 검은 안개가 뿌옇게 형성돼 도저히 정찰을 할 수가 없었던 것이다.

그녀는 조를 나누어 본령에 직접 침투했다.

"결국 발각되어 쫓기게 되었지만, 약 반나절 정도 돌아다니며 도시 곳곳을 확인할 수 있었습니다. 백성들은 두려움에 떨며 돌아다니는 자들이 극히 드물었고, 혹시라도 변이된 놈들에게 발각되면 식량으로 끌려갔습니다."

"……!"

아론과 칼슨 경은 놈들이 식인을 한다는 사실을 알고 있었다.

하지만 사실을 처음 들은 가신들은 경악했다.

가장 먼저 분통을 터뜨린 기사는 말도르 카브란이었다.

"이런 찢어 죽일 새끼들! 감히 인간이 인간의 살점을 탐한다니! 실로 괴물이 따로 없습니다!"

"말도르 경의 말이 맞습니다. 같은 인간으로서 회의감마저 듭니다."

웅성웅성.

주변이 소란스러워졌다.

에리아 경은 그들이 어떤 식으로 사람을 먹었는지도 설명했다.

"산 채로 팔다리를 뜯어 먹었으며 나중에는 내장까지 파먹으니 뼈와 머리칼, 옷밖에는 남지 않았습니다. 그 잔인성은 혀를 내두를 지경이었으며, 포악함은 마물 그 자체였죠."

"끔찍한 일이군."

"사람을 사냥하는 방식으로 보아 꽤 지능적이라고 판단

되며, 백작이 직접 훈련에 참관하는 모습도 보였습니다."

"훈련을 해?"

"오라클 영지를 치겠다는 소리를 들었습니다."

"역시나."

확인 사살이었다.

전부터 아론은 꾸준하게 경고했었다.

베르칸 백작이 쳐들어올 것이라고 말이다.

보통의 웨이브는 마물로 구성되지만, 이런 식으로 타 영주가 침공하기도 한다.

'챕터 3은 정말 난이도가 높았지.'

아론이 신경 써 준비를 하는 이유다.

"한 가지 다행스러운 점은 기병이 보이지 않는다는 것입니다."

"그건 꽤 강점으로 적용되겠습니다."

마이어 경의 평가였다.

아론도 알고 있었다.

그런 괴물들이 중갑으로 무장까지 한 채 달려온다고 생각하면 상상만 해도 끔찍했다.

도저히 돌파할 구석이 보이지 않았을 것이다.

하지만 백작은 자신의 군대를 과신했다.

공성 병기도 만들지 않았으며 기병 역시 운용하지 않았다.

'하긴, 초반부터 공성전에 기병 전술까지 사용하면 말이 안 되기는 해.'

디펜스 워는 지독할 정도로 공략이 어려운 게임이었지만, 클리어가 아예 불가능하게 만들지는 않았다.

영지의 모든 자원과 인구를 굴려 지능적으로 플레이하면 어떻게든 챕터를 넘길 수 있다.

아론의 경우에는 지금껏 운도 좋았고, 전략을 잘 세운 편에 속한다.

최상의 상태로 플레이하고 있다고 해도 과언이 아니다.

게임과는 달리 인간의 감정까지 컨트롤해야 한다는 점에서 난이도가 높았지만, 오히려 그 부분이 강점이 되기도 했다.

아론은 에리아 경의 이야기를 종합했다.

"총 병력 2천 수준이며, 악마에게 침식되어 보통 사람보다 50%는 능력이 증가했다고 보면 되겠다. 여기에 지능적이며 포악하기까지 하지."

"으음."

침음이 흘렀다.

이렇게 이야기하면 도저히 파고들 틈이 없는 것 같았다.

모든 것이 열세인 상황이었지만, 그럼에도 아론은 희망을 이야기해야 한다.

"여기까지는 놈들의 강점이고 단점도 있다."

"그게 무엇입니까?"

"자제력이 약하다는 것. 결집력이 약하다는 뜻도 된다. 우리는 그 점을 파고든다."

"이 때문에 수공을 사용하려는 것이군요?"

"그래, 피와 살점에 미친 마물들이다. 그 점을 이용하면 가장 완벽한 순간에 댐을 터뜨려 전력을 약화시킬 수 있다."

이 전략은 아론이 디펜스 워를 플레이하며 습득한 노하우이니 반드시 통할 것이다.

문제는 다음 챕터 때문이라도 최대한 전력을 보존해야 한다는 것에 있다.

"놈들의 전력이 약해지면 본대를 쳐야 한다. 결국 그들이 침식된 이유는 백작 때문이니, 머리를 치면 무너진다."

"승리에는 의심의 나위가 없습니다. 허나 그 이후가 문제입니다. 놈들이 정신을 차린다면 죄인으로 대해야 하는지, 아군으로 받아들여야 하는지 말입니다."

"그 문제는 어쩔 수가 없다."

"대안이 있으십니까?"

"한 번이라도 식인을 했던 전력이 있다면 사형이다. 침식된 병사들이라고 모두가 식인을 하는 것은 아니다. 자제력을 가지고 버티는 자들도 있지. 우리는 그런 병사들만 선별해 받아들이면 된다."

어떤 경우에도 식인은 용납될 수 없다.

그런 자들을 용서했다가는 신정 일치가 밑바닥부터 무너질 것이다.

"주군, 잘못하면 영지 내 공포가 확산될 겁니다."

레미나 경은 아군의 사기를 걱정했다.

이 문제는 아론도 인식하고 있었다.

당장은 아니더라도 백작이 수작질을 걸어 오면 사기가 저하될 수도 있다.

"내일이 제7일이다. 미사가 있는 날이지. 맞나?"

"예, 주군."

"공포감이 확산되기 전에 누른다."

이제 아론이 하기 나름이다.

백성을 어떻게 정신 교육하느냐에 따라 미래가 좌우될 것이다.

제11장
마석

제7일 아침.

아론은 영지의 미래가 결정될 설교를 준비하며 제대로 잠을 이루지 못했다.

매일매일 압박감이 느껴졌다.

모든 자원이 태부족인 가운데, 영지 전체의 사기에도 신경 써야 했으니 극한 직업이 따로 없다.

카페인이 그리워지는 순간이었다.

커피가 없으니 호밀차라도 마시며 심신을 안정시키는 수밖에.

벌컥!

"오빠!"

"네가 이른 아침부터 무슨 일이냐?"

원래 레냐는 예의 바른 아이다.

노크라도 하는 것이 정상이었는데, 이토록 흥분한 것을 보니 급하게 할 말이 있었던 모양이다.

아니나 다를까.

"드릴의 설계를 끝냈어요!"

"정말이냐?"

"네! 한 번 보세요!"

촤악!

레냐는 자기 키는 되어 보이는 종이를 바닥에 펼쳤다.

설계도를 본 아론은 곧바로 한 가지 장비를 생각해 냈다.

'전동 해머 드릴의 업그레이드판이다.'

아론이 레냐에게 대충 그려 준 설계도는 지구에서 많이 보았던 장비 두 가지였다.

하나는 흔히 광산에서 사용되는 드릴이었고, 또 하나는 회전하는 톱칼이다.

레냐가 고안한 장비는 두 가지 장비가 합쳐진 것으로, 서로의 장점만 취했다고 볼 수 있었다.

드릴에는 고정판과 바퀴까지 달려 있어 크게 힘을 들이지 않고 장비를 사용할 수 있을 것 같았다.

"이건……."

"어때요?"

레냐는 칭찬을 바라는 아이처럼 반짝이는 눈으로 아론을

바라봤다.

"잘했다! 이제 마석만 있으면 되겠구나!"

"오빠에게 도움이 되어 기뻐요!"

아론은 레냐를 번쩍 안아 올렸다.

정말 천재적인 아이다.

비록 수학적인 문제로 샤론에게 도움을 받았겠지만, 장비에 대한 구상은 그녀의 머릿속에서 나온 것이 틀림없었다.

"이 홈은 마석은 끼우는 곳이냐?"

"네! 마석을 발견하면 여기에 맞게 가공해서 끼워 주기만 하면 돼요."

일종의 휴대용 배터리를 생각하면 된다.

시동 버튼도 있었고 나름의 안전 설비도 갖췄다.

간단하게 암벽을 뚫는 드릴이었지만 그 내부는 복잡하기 짝이 없다.

전기가 아닌 마나 회로로 작동하는 방식이었기 때문이다.

"마석만 발견되면 큰 도움이 될 거야."

"그러길 바라야죠."

"식사했느냐?"

"아뇨. 오빠하고 같이 먹으려고 기다렸어요."

"그러면 안 되지. 성장기에는 꼬박꼬박 챙겨 먹어야 한다."

아론은 레냐와 함께 테라스로 나왔다.

그녀와 친밀감 강화(?)를 위한 대화를 이어 간다.

꼭 그런 이유가 아니더라도 아론은 레냐와 정이 쌓이고 있었다.

오라클 영지 본령 광장.

매주 미사를 올려야 하기에 광장은 상당한 넓이로 확장했다.

그럼에도 사람을 다 수용할 수 없어 광장 주변의 집과 옥상은 사람들로 가득 찼다.

아론은 하늘을 올려다봤다.

날씨는 맑았다.

조용히 이어지는 노래와 기도.

그러나 백성들 사이에서는 일말의 불안감이 감돌고 있었다.

어제 외부로 나갔던 정찰대가 모두 중상을 입고 치료소로 실려 왔다는 소문이 파다하게 퍼졌기 때문이다.

미사는 경건하게 이어졌다.

약 30분.

세이라가 주관하여 예식을 진행했고, 설교를 남겨 두고 있었다.

"이제 신성 군주이시자 베일리의 사도께서 설교하겠습니다."

저벅. 저벅.

아론이 단상 위에 서자, 수천 개의 눈이 집중되었다.

설교는 종교 예식의 일종이었지만, 지금과 같은 경우에는 훌륭한 정신 교육의 수단이다.

아론은 천천히 운을 뗐다.

"오늘은 믿음에 대해 이야기하고자 한다. 종교적인 관점에서의 믿음은 베일리의 권위에 대한 신뢰를 말하는 것이다. 베일리의 신도라면 여신께서 본인에게 내린 계획이 있음을 알고 있을 것이다. 그 계획을 믿고 실천하며, 임무를 완수해야만 구원을 얻을 수 있다. 믿음이란 신앙의 근간이 되기 때문이지."

"……."

여기까지는 성서를 기반으로 일반적인 논리를 편 것이다.

아론의 목적은 승리에 대한 확신을 심는 것.

백성들에게 단순히 승리한다 말하면 근거 없는 헛소리가 될 수 있었다.

그때 신의 권위가 더해지면 이야기는 달라진다.

"우리는 지금 전례 없는 위기에 봉착해 있다. 어제 정찰대가 다쳐서 들어온 것을 두고 말들이 많은 것으로 안다. 그중 한 명은 사망하기도 했다. 허나 정찰대에 부여되었던 임무는 전부 신의 계획에 따라 이루어진 것이니, 사망한 정찰 대원은 천국의 상급을 받았으므로 오히려 축복을 받았다고 말할 수 있겠다."

아론은 백성들이 불안해하고 있는 원인을 파고들었다.

정찰의 과정에서 발생한 사고는 고난으로 표현했으며, 죽는다고 쳐도 반드시 천국에 들 것이라 강조했다.

오랜 설득 끝에 조금씩 불안이 걷히고 있는 듯했다.

"신도들은 여신의 기적을 보았는가? 나는 항상 경험하고 있다. 어제 돌아온 정찰대는 악마에게 침식된 귀족의 영지에 침투했다. 악마와 거래한 영주는 휘하 병력을 정신 지배하였으며 일부는 저항하고 있는 중이다. 그들은 여신께 대항하는 세력이며, 머지않아 영지로 침공할 것이다."

"……!"

아론의 말에 다시 불안감이 확산되려 하였지만, 쐐기를 박았다.

"허나 여신께서는 우리에게 승리를 내려 준다 하시었다. 지금껏 여신의 계시는 빗나간 적이 없다. 광산을 발견한 것도, 영지 주변에서 병사들을 구한 것도 전부 계시에 의한 것이었으며, 여신의 뜻대로 되었다. 여신께서 승리한다 하셨으니 그대로 이루어질 것이다."

불안이 사라지고 백성들의 눈이 반짝였다.

아론은 그들에게 믿음을 강요했다.

다른 곳으로는 생각이 튀지 못하도록 강제한 것이다.

"의심하지 말라!"

고개를 끄덕이는 백성들.

경건한 시간이라 가만히 있었지, 미사를 드리는 시간이 아니었다면 환호성을 내질렀을 것이다.

"계시를 믿어라. 믿음이 없는 자, 천국에 들지 못하며 지옥에 떨어질 것이니."

아론은 백성들을 외통수로 내몰았다.

승리를 믿지 않는 자는 지옥에 떨어진다.

이런저런 내용을 짬뽕해 개소리를 버무려 냈지만 아론이 설교하니 통했다.

신성 군주가 등장해 실패한 적은 단 한 번도 없었기 때문이다.

아론이 이토록 확신할 수 있는 이유는,

'어차피 패배하면 다 죽는다.'

"우리는 승리할 것이다!"

설교와 축도를 무사히 끝낸 아론은 야외에 마련된 의자에 주저앉았다.

"하……."

"수고하셨습니다."

백성들은 물론, 가신들도 각자의 자리로 돌아갔다.

설교에 감명을 받은 것은 마이어 경도 마찬가지였다.

"정말 인상 깊은 설교였습니다."

"경은 무교 아닌가."

"주군께서는 문명의 방향을 신앙으로 정하셨습니다. 신에 대한 믿음이 아니었다면 진즉에 무너졌겠지요. 이번에도 마찬가지라고 생각합니다. 악마의 군대가 침범하여도 백성들은 동요하지 않을 것입니다. 그런 측면에서 보면 이보다 훌륭한 대책은 없습니다."

말을 돌려 했지만 마이어 경은 '정신 교육'의 힘을 이야기한 것이었다.

아론의 말 한마디로 불안감이 사라졌다.

"신도에게는 신의 계획이 있다는 말씀, 정말 효율적입니다."

마이어 경은 열심히 일하는 백성들을 바라봤다.

신의 말씀에 따라 노동을 강제한다.

자신이 하고 있는 일이 여신께서 주신 계획이라 착각하게끔 만드는 것이다.

신의 계획에 따라 임무를 완수한다.

어차피 식량이 소모되는 김에 일의 효율성을 높이는 것이다.

백성들도 덜 불안해할 것이니, 치안을 안정시키는 효과도 있었다.

"경도 성서를 읽고 언변을 단련하도록 해라."

"제가요?"

"우리는 신앙을 문명으로 발전하고 있지. 경이 무교인 것은 중요하지 않다. 이 문명 안에서는 독실할수록 신뢰를 얻는다. 경이 신실한 사람이라고 주변인들에게 믿게 만드는 것이 중요하다."

"믿음의 발전형이군요."

"그런 셈이지."

이 정도면 믿음이 아닌 사기였지만, 그건 중요하지 않았다.

무엇을 이용하든 살아남는 것이 우선이니까.

마이어 경은 고개를 숙인 후 물러갔다.

골똘하게 생각에 잠긴 것이, 아론이 한 말을 곱씹는 것이 틀림없었다.

곧이어 아론도 자리에서 일어났다.

그 역시 쉴 팔자가 아니었던 탓이다.

"이쯤에서 마석 하나가 떨어져 주면 좋겠는데."

광산 지하.

광부들은 어설픈 작업복과 급조한 안전모를 쓴 채 작업에 매진했다.

카앙! 카앙!

힘겹게 휘두르는 곡괭이.

조금이라도 무른 부분을 치기 위한 손길로 분주했다.

너무 단단한 부분을 치면 손목이 금방 나가기에 이것도 나름의 요령이 필요했다.

여기저기 거미줄처럼 연결되어 있는 광산 터널.

오래전 폐광되었던 곳이라 더 깊게 들어가야만 광물을 채광할 수 있었다.

곳곳에 횃불이 일렁거렸다.

암석이 깨질 때마다 흙과 먼지가 사방으로 흩날렸다.

강렬한 소음과 폐부를 찌르는 찌꺼기, 육체의 고단함 속에서 광부들이 버티는 것은 면천될 수 있다는 희망 때문이었다.

'마석 하나만 캐면 된다!'

젠트라 오마르는 오늘 설교를 듣고 무척이나 감명을 받았다.

신성 군주는 믿음의 영역을 강조했다.

여신께서는 모든 신도들에게 '사명'을 부여했다.

그 사명을 완수할 수 있다고 믿는 것이 승리를 위한 길이라고 강조한 것이다.

젠트라는 자신의 사명이 전장에 있다고 믿었다.

'나는 기사다!'

카앙!

그런 믿음으로 곡괭이를 휘둘렀다.

얼마나 곡괭이질을 했는지 손목이 다 저릴 지경이었다.

그러나 젠트라는 오랜 시간 수련을 해 왔던 무인이기에 검이 부딪치는 충격보다 곡괭이질을 하는 것이 좀 더 쉬웠다.

기사란 일반인이 아닌 인간 병기였다.

피나는 수련을 거쳐야만 완성된다.

병사들이나 백성들의 손아귀는 찢어지기 일쑤였지만, 오랜 검술로 연마한 젠트라의 손바닥은 멀쩡했다.

오히려 곡괭이가 손에 착 감기는 느낌이다.

캉!

후두두둑!

한창 곡괭이질에 매진하던 어느 순간, 암석이 우수수 떨어졌다.

인간에게도 약점이 있듯, 광맥에도 약점은 있었다.

그 약점을 어쩌다가 쳐서 무너뜨리면 뭉텅이로 암석이 쏟아지기도 했다.

다행히 젠트라는 그동안 다져진 반사 신경을 이용해 암석의 폭포에서 빠져나올 수 있었다.

"젠트라 경! 괜찮으십니까?"

"괜찮다."

"위험할 뻔했습니다."

휑하게 드러난 통로.

무려 3미터가량이 무너졌다.

그 아래 파묻혔다면 아무리 기사라도 무사하긴 힘들었다.

"어? 젠트라 경, 저기에서 뭔가가 느껴집니다."

종자의 말에 젠트라는 정신을 차렸다.

정말 그랬다. 방금 무너진 자리에서 마나가 느껴졌다.

기사는 마나를 다루는 자이니, 이런 부분에서는 일반인보다 좀 더 민감하게 알아차릴 수 있었다.

"설마 마석!?"

"마석이요!?"

웅성웅성.

젠트라의 외침에 팀원들이 모여들었다.

다른 곳에서 일하던 광부도 마찬가지였다.

영주는 마석을 발견한 팀의 면천을 약속했다.

마석을 건지는 순간, 정식 영지민이 되며 자유롭게 활동할 수 있는 것이다.

"어서 치우자고!"

젠트라의 팀에 속한 광부들은 빠른 속도로 암석을 치웠다.

3미터가량 파 들어갔을까.

바닥에 영롱한 빛을 발하는 보석이 떨어져 있었다.

"여신께서 응답하셨다!"

"와아아아!"

젠트라가 미친 듯이 일하다 광맥의 약점을 친 것은 정말 우연이었다.

남들보다 몇 배는 빠르게 일하다 보니 높은 확률로 결과를 만들어 낸 것이다.

그러나 젠트라는 이 모든 것이 여신의 축복이라 결론을 내렸다.

제7일을 지구식으로 표현하면 일요일이다.

이 일요일의 개념도 신이 세상을 창조하고 하루를 쉬었다는 데서 비롯되었다.

하지만 디펜스 워의 세상에 쉬는 날 따위는 없다.

백성들이 쉬는데 군주가 쉴 수는 없었으므로 아론은 영지 곳곳을 뛰어다니며 지도해야 했다.

그러던 중 들려온 소식.

"주군! 젠트라 오마르가 마석을 발견했다고 합니다."

"뭐라고!?"

칼슨 경이 전해 준 소식에 아론은 깜짝 놀랐다.

'이 시점에 마석이 발견되다니!'

놀라운 소식이다.

마석을 발견한 팀을 면천시켜 준다는 말은 일말의 가능성에 기대를 걸었던 것뿐이다.

디펜스 워를 플레이할 당시에는 이 시점에 마석이 출현한 적이 단 한 번도 없었기 때문이다.

마석을 발견한다고 한들, 그걸 효율적으로 이용할 수 있는 수단이 없기도 했다.

하지만 지금은 다르다.

레냐가 영지에 큰 도움이 되는 발명품을 설계하고 만들었으며, 마석만 있으면 굳이 마법사가 없어도 작동할 수 있도록 했다.

마석은 강력한 바람이었을 뿐, 이 시점에 발견될 줄은 몰랐다.

"광산으로 간다."

"제가 모시겠습니다!"

그 둘은 전마를 타고 영지를 가로질렀다.

말이 달리며 만들어 내는 충격에 맞춰 아론의 심장도 고동쳤다.

'레냐가 발명한 전동 드릴이 도입되면, 지금보다 두 배는 채광이 빨라질 것이다.'

식량의 문제를 해결할 수도 있다는 의미다.

뿐만 아니라 마석이 발견될 확률도 두 배로 증가할 것이다.

여러 가지로 이로운 일이 아닌가.

광산에 가까워질수록 더욱 심장이 뛰었지만, 표정만큼은

진중하게 가라앉아 있었다.

군주가 되어 방정맞게 굴 수는 없는 법.

광산 앞에는 광부들이 모여 있었다.

무려 마석을 채굴한 사건이었다.

면천이 약속되어 있었으니, 그것이 실행되는지 확인하기 위해서라도 광부들이 죄다 몰려나온 것이다.

아론은 그 점을 지적하지 않았다.

"영주님의 행차다!"

꾀죄죄한 몰골의 광부들이 한쪽 무릎을 꿇었다.

온몸에 먼지를 뒤집어쓰고 있는 모습만 보아도 광산 일이 얼마나 힘든지 가히 짐작할 수 있었다.

괜히 광부로 지원하는 노동자에게 임금을 지급했던 것이 아니다.

여기저기에 장비가 널려 있었다.

광석이라도 위에서 떨어지면 머리를 다칠 수도 있었으므로 나무로 만든 투박한 안전모가 가장 많이 굴러다녔다.

"영주님!"

"젠트라 오마르."

젠트라는 파이온 자작가 출신의 기사단장으로, 광부들을 이끄는 수장이었다.

오랜 시간 검을 수련했을 것이므로 누구보다 일하는 속도가 빨랐을 것이다.

젠트라가 기회를 잡은 것은 노력과 운이 합쳐진 결과였다.

"영주님께서 바라시던 마석을 발견했습니다!"

"이것이 마석인가?"

"그렇습니다."

신비하게 빛나는 푸른 결정으로, 마석은 특수한 환경에서만 결정으로 맺힌다.

아주 오랜 시간 마나가 압축되다 보니 생겼다는 설정이었는데, 전 세계적으로도 마석은 희귀한 광물에 속한다.

마도구에 들어가는 재료인 만큼 그 값은 상상을 초월했다.

오라클 영지는 마석을 취급하지 않았었다.

그걸 캘 여력이 없기도 했거니와 마도구와는 거리가 먼 영지였기 때문이다.

아론의 손에 쥐어진 푸른 결정은 최하급 마석이었다.

그럼에도 이것이 가진 가치는 이루 말할 수 없다.

아론은 주먹만 한 마석을 칼슨 경에게 넘겨주었다.

"레냐에게 가져가 전동 드릴부터 제작하라 일러라."

"예, 주군."

이제 보상의 시간이었다.

광부는 10명이 한 팀이다.

5명이 직접 곡괭이질을 하고, 5명이 돌이나 광물을 옮기는 역할을 했다.

젠트라는 광부의 수장이지만 1팀의 팀장도 맡고 있었다.

"1팀은 들어라."

"예, 영주님!"

"약속대로 젠트라 오마르를 포함한 1팀을 전원 면천한다. 각자 원하는 보직에 배속될 수 있게 조치한다."

쿵!

젠트라 오마르는 바닥에 머리를 박았다.

다행히 산 밖은 암석이 아닌 흙바닥이었기에 그의 머리통이 깨지지는 않았다.

"영주님! 저는 기사입니다. 주군을 모시며 전장을 누비고 싶습니다."

"젠트라 경, 경은 자작령 기사단장이었으나, 오라클 가문 기사단에 입단하면 막내가 된다. 그래도 괜찮겠나."

"기사단의 위계 서열은 잘 알고 있습니다. 초심으로 돌아가 주군을 보필하겠습니다."

"그리하라."

"이제 제 목숨은 주군의 것입니다."

짝짝짝짝!

주변에서 박수갈채가 쏟아졌다.

젠트라는 비록 말석이지만 기사의 신분을 회복했다.

그를 제외한 5명의 병사들도 오라클 영지군에 입대했다.

일반 백성이었던 4명은 농업에 종사하기로 결정되었다.

"위 10명의 가족들도 모두 면천할 것이다. 광부들은 대표자를 다시 선출하고 팀을 짜도록."

"예!"

광부들의 목소리가 쩌렁쩌렁하게 울렸다.

모두 눈이 반짝이는 것을 보니 이번 사건을 계기로 더욱 생산량이 증가할 것이다.

아론은 이 기회를 빌려 다시금 여신을 팔아먹었다.

"젠트라 오마르 경을 비롯한 1팀은 여신께서 계획하신 바에 따라 노력해 목표를 쟁취했다. 너희 모두 마찬가지다. 여신께서 계획하신 바가 있으니 열심히 일하라."

그날 저녁.

공방에서는 하루 종일 전동 드릴을 만들기 위해 노력했고, 하루 만에 결과물을 뽑아낼 수 있었다.

금광에서 철광석이 주로 채광되었으므로 철제품도 하나둘 나오고 있는 중이었다.

오늘은 모든 장인들이 오직 전동 드릴 하나를 만들겠다고 달라붙었다.

레냐와 샤론도 이 일에 매달렸다.

전동 드릴 내부는 복잡한 마나 회로를 필요로 했기 때문이다.

마침내,

"오빠! 전동 드릴이 나왔어요!"

"벌써?"

"모든 일을 멈추고 드릴만 제작했으니까요."

엄청난 속도다.

그만큼 정교하게 제작됐는지는 조금 걱정됐지만, 한국인 속성(?)을 가지고 있는 아론으로서는 꽤 만족스러운 성과였다.

영지 공방.

아론은 웬만하면 해가 지는 순간 일을 끝낼 것을 권고하지만 대장간만큼은 아니다.

공방거리 곳곳에 횃불이 걸려 있었다.

일과를 마친 가신들도 드릴이 완성됐다는 소문을 듣고 몰려왔다.

그 틈에는 백성들도 대거 끼어 있었다.

아론은 굳이 구경을 오겠다는 백성을 막지 않았다.

중세에는 즐길 거리가 거의 없는 세상이라, 사람들이 관심을 갖는 것은 아주 자연스러운 현상이었다.

드릴은 공방거리 뒤쪽의 거대한 바위 앞에 설치되었다.

이만하면 소형 드릴은 아니고 중형에 가까웠다.

사람이 들고 사용하는 것이 아니라 바닥에 고정을 시킨 후 대량의 암석을 파괴하는 장비였다.

"그럼 시험 가동을 해 볼게요!"

아론이 고개를 끄덕이자 레냐가 간단하게 버튼을 눌렀다.

투다다다다!

"······!"

드릴의 주둥이가 진동을 일으키며 빠른 속도로 암석을 파괴해 나갔다.

동시에 4개의 톱칼이 회전하며 넓은 바위에 구멍을 냈다.

중앙에서 일으키는 진동은 톱칼이 파낸 부위까지 이어졌으며, 거대한 부위에서 균열을 일으켰다.

꽈직!

"와아아아!"

바위가 파괴되자 환호성이 터졌다.

특히 광부들이 미친 듯이 기뻐했다.

전동 드릴이 있으면 더 많은 양의 광물을 채광할 수 있다.

그 말은 빠르게 면천이 가능해진다는 뜻이다.

"사이먼."

"예, 영주님!"

이번에 새롭게 선출된 광부 수장 사이먼이 한쪽 무릎을 꿇었다.

"내일부터 이 장비를 사용해 채광한다."

"영주님의 은혜에 감사드립니다!"

"어찌 이것이 나의 은혜인가. 레냐와 샤론이 설계하고 공방 장인들이 다함께 노력해 탄생했다."

"……."

아론은 공을 자신에게 돌리지 않았다.

그보다는 백성들의 자존감을 채워 주는 것이 중요했다.

"여신께서 뜻하신 바에 따라 노력했으니 그에 따른 상급이 있을 것이다."

지난 일주일 동안 영지에는 많은 변화가 있었다.

가장 두드러진 변화는 채광의 속도였다.

레냐의 발명품이 도입되면서 채광 속도는 두 배 이상 빨라졌다.

그 덕분에 마석 하나를 더 발견할 수 있었으며, 건설 물레방아를 마법사 없이 사용할 수 있게 되었다.

건설 물레방아의 등장으로 중요한 수로들이 손쉽게 건설되었으며, 거대한 밭을 대부분 일구었다.

지금은 공공 농지까지 완성되어 가는 중이었으니, 상상을 초월한 속도라 할 수 있었다.

레미나 경은 지난 일주일 동안 채광한 수확을 보고했다.

"일주일 동안 10만 골드 정도의 금을 채굴했습니다."

"빠르군."

"전동 드릴을 도입한 결과입니다. 각 광맥마다 한 기씩 배치를 하면 어떻겠다는 의견이 쇄도하고 있습니다."

"마석이 발견되어야 말이지."

"다음 마석이 발견되면 광산에 한 기 사용한다고 이야기를 하겠습니다."

"그렇게 하도록."

일주일에 10만 골드.

상당한 자금임은 틀림없다. 그렇다고 넉넉한 것은 결코 아니었다.

그동안 마이어 경이 세력권 곳곳을 돌아다니며 마물을 청소했고, 그 과정에서 꽤 많은 생존자들을 구출했다.

영지의 총 인구는 7천을 찍었다.

기존 오라클 영지에 비하면 3배에 달하는 숫자였으니, 그들을 먹여 살리는데도 3배나 되는 식량이 필요했다.

'전동 드릴 한 기가 추가되면 일주일에 15만 골드 정도는 채굴할 수 있을 거야. 백작령을 흡수하면 턱도 없겠지만 당분간 식량 걱정은 하지 않아도 되겠지.'

아직 완벽하지는 않다.

백작령을 흡수하기 전까지 버틸 수 있다는 것도 마석 하나를 더 발견해야 가능한 수치였다.

그럼에도 희망이 있다는 것이 중요했다.

아론이 1팀과 5팀을 면천하자 탄력을 받은 광부들이 더 열심히 일했다.

마석이라도 하나 발견하면 잭팟이었으니, 힘든 줄도 모르고 곡괭이질을 했다.

"파종 준비는?"

"끝났습니다. 당장 내일이라도 심어야 할 것으로 보입니다."

"내일 파종한다. 풍작을 기원하는 행사를 할 것이니 세이라와 상의하도록."

"예, 주군."

그밖에 여러 가지 현안들.

아론과 레미나 경은 최대한 서로의 감정을 숨긴 채 군신 관계로만 보려 노력했다.

그러한 노력이 쌓여 그들의 관계는 전보다 자연스러워졌다.

벌컥!

영주와 행정관의 대화가 이어지는 도중, 갑자기 집무실의 문이 열렸다.

기사들 중에 이런 짓을 할 인간은 드물다.

"주군!"

칼슨 경이 호들갑을 떨며 들어왔다.

처음에는 꽤 놀라기도 했었는데, 하도 이런 모습을 보다 보니 지금은 담담해졌다.

"무슨 일이냐."

"베르칸 백작이 사자를 보냈습니다!"

"베르칸 백작이?"

"기사단장이라고 하는데 몰골이 가관도 아닙니다!"

칼슨 경은 아울 타르지안의 얼굴을 묘사했다.

에리아 경이 표현했던 그대로였다.

"우리 영지를 염탐하러 온 거겠지."

"맞습니다. 그 이외에 다른 의도가 있다고 보기는 힘듭니다."

악마에게 침식된 백작은 협상의 대상이 아니다.

무조건 쳐들어올 것이 분명하였으므로 이 기회에 놈의 꼭지가 돌아 버리게 만드는 전략을 펴야 한다.

"말도르 경을 불러라."

"예!? 말도르 경을 부르면 난리가 날 겁니다."

"난리가 나라고 부르는 거다. 어차피 싸워야 할 상대이니까, 백작의 화를 돋우면 조금이라도 상대하기 수월할 것이다."

"오오! 명안입니다!"

아론은 말도르 경이 시원한 쌍욕을 박아 주리라 확신했다.

제12장
침식된 백작

영주성 대전.

아론이 영주의 좌에 앉은 가운데 영지의 기사 몇과 근위
병들이 무장을 갖추고 모였다.

침식된 백작의 기사단장이라면 심상치 않을 무력을 갖추
었을 것이며, 암살을 기도할 수도 있었기 때문이다.

게다가 기사들 가운데는 말도로 경이 포함되어 있었으
니, 무력 충돌(?)을 예방하는 차원이기도 했다.

끼이이익!

대전의 문이 열리자 모든 사람들이 침음을 삼켰다.

"허어."

"저게 과연 인간의 몰골인가?"

"……."

말은 하지 않았지만 아론도 속으로는 혀를 찼다.

'괴물이군.'

뭉클거리는 마기와 검은 눈동자, 온몸에 드러난 핏줄.

도드라진 이빨과 손톱은 뱀파이어를 연상케 했다.

에리아 경에게 들었던 그대로다.

놈은 당당하게 붉은 카펫을 밟으며 걸어왔다.

"멈추어라! 더 이상 다가오면 적대 의사가 있는 것으로 간주한다."

"두려움에 절은 한심한 것들."

"뭣이!?"

"그만."

아론이 손을 들어 제지했다.

근위병들의 마음은 이해하지만, 아울 타르지안이 위해를 가할 것이라 생각되진 않았다.

그건 시스템의 법칙을 위배하는 일이다.

아울이 폭주해 아론에게 칼을 들이댄다고 한들 막을 자신이 있기도 했고 말이다.

근위병들이 물러나자 아론이 아울을 도발했다.

"악마의 졸개 따위가 인간의 진영에는 어쩐 일인가?"

"으하하! 산간벽지의 남작 따위라 그런지 도발하는 방식도 옹졸하군."

"그따위 말을 할 것이라면 꺼져라."

"내가 온 이유를 밝히겠다."

겨우 분위기가 가라앉았다.

아울은 팔짱을 낀 채로 외쳤다.

"위대한 마신께서 말씀하시길, 오라클 영지는 점령될 것이라 하셨다. 그 즉시 남작의 목이 떨어질 것인즉, 기회를 주고자 한다."

"저, 저 개잡것을 봤나"

말도르 경이 슬슬 시동을 걸었다.

아론은 손을 들어 일단 말도르의 입을 막았다.

욕을 하더라도 지금은 때가 아니었다.

"계속해라."

"여신의 진영이라고는 남작 하나 남았다. 그대에게 희망은 없는 바, 귀부하라. 주군께서는 마국을 건설하시고 만물의 황제가 될 것인즉."

"미친! 마국의 황제라니!"

"귀부한다면 작위를 내린다고 약속하시었다."

"전할 말은 그게 끝인가."

"받아들인다면 냉큼 내려와 개처럼 기어라! 내 강철 장화를 핥는다면 어여삐 여겨 줄 수도 있다. 나는 공작 위가 약속되어 있거든."

쾅!

"주군! 저런 개잡종 놈의 이야기는 더 이상 들을 필요가 없습니다!"

"그건 동의한다."

아울 타르지안의 눈썹이 꿈틀거렸다.

하지만 말도르 경은 아직 욕을 시작조차 하지 않았다.

곧 그의 입에서 폭언이 터졌다.

"악마의 똥구멍이나 핥는 비루한 개새끼는 백작에게 똑똑히 전해라!"

"……."

아울의 눈이 말도르 경에게로 돌아갔다.

"악마에게 홀려 식인이나 하는 잡것들의 우두머리는 내친히 아랫도리를 베어 입에 처넣을 것이야! 이는 말도르 카브란의 약속이다!"

"말도르 카브란, 이, 이!"

아울 타르지안의 마기가 폭발했다.

차자자장!

기사들과 근위병들이 동시에 검을 뽑았다.

여기서 아울이 공격하면 그의 목은 떨어진다.

아론이 먼저 공격한 것이 아니었기에 시스템에 위배되는 행위도 아니었다.

현실에서 게임의 룰을 위반하면 어떻게 되는지 알 수 없었지만, 조심하는 편이 좋다.

아울의 눈동자가 적색으로 물들었다.

검은색이 적색으로 바뀌었다는 것은 어지간히 열이 받았다는 뜻일 것이다.

"후회하게 될 것이야!"

"흥! 똑똑히 전하기나 해라!"

아울 타르지안은 씩씩거리며 대전을 빠져나갔다.

"하아!"

"하……. 바로 전쟁이 터지는 줄 알았습니다."

기사들은 검을 집어넣고 안도의 한숨을 내쉬었다.

놀란 것은 아론도 마찬가지였다.

성질 더러운 말도르 카브란이 곱게 넘어가지는 않으리라 확신했지만, 이토록 강력한 욕을 박을 줄은 몰랐다.

말도르는 자신이 한 일을 떠올리고는 바로 무릎을 꿇었다.

쿵!

"주군! 제가 주제넘었습니다. 이렇게까지 욕할 생각은 아니었는데, 놈의 발언에 너무 열이 받아……."

"잘했다."

"예?"

"그것도 재능이다. 내가 경을 부른 이유를 짐작하겠나."

"잘 모르겠습니다."

"경이라면 반드시 적을 도발해 줄 것이라 믿었기 때문이다. 아니나 다를까, 백작의 기사단장은 그 화를 주체하지 못했다. 경의 욕이 백작에게 정확히 전달된다면 무슨 사태가 벌어지겠나."

"열이 받을 겁니다."

기사들은 난감한 표정을 지었다.

어떤 남자가 자기 아랫도리를 잘라 입에 처넣겠다는데 단순히 열만 받을까.

마기에 침식이 된 상태라면 주변을 다 때려 부수고도 남을 것이다.

"그 수준이 아니다. 아주 원초적인 자극이라 화를 주체하지 못하는 악마 놈들에게는 엄청난 도발이 될 것이다. 그 기억은 전투 내내 남을 것이니, 백작이 그릇된 판단을 내릴 수도 있다."

"설마 전략이었습니까!?"

"맞다."

"과연 주군이십니다! 이 부족한 기사를 이용해 적을 도발하다니!"

"그것도 어떤 의미에서는 재능이다. 연마를 잘 하면 적을 도발하는데 큰 도움이 될 것이야."

"오오! 이 말도르 카브란, 주군의 명을 받아 열심히 적을 도발할 수 있도록 능력을 갈고닦겠습니다."

"그리하도록."

기사들의 표정이 더욱 기괴하게 일그러졌다.

그들의 생각은 하나같았다.

'욕도 재능이야? 그런 거야?'

베르칸 백작령.

원래 베론 왕국의 충실한 제후였던 백작은 처음부터 망가지지 않았었다.

전 대륙에 걸친 마물의 침공과 무너진 왕국, 주권을 포기한다는 국왕의 서신까지.

영지는 매일같이 마물에 시달렸으며 백성의 반 이상이 죽었다.

영토를 대폭 축소했음에도 매일 죽음의 공포에 시달려야 했다.

모든 것을 포기해야 하나 싶을 그때, '그놈'이 찾아왔다.

[왕이 되고 싶지 않나?]

[너는……. 악마인가?]

[관점에 따라 다르겠지. 세상을 피로 물들인다고 한들 네게 모든 것을 준다면 과연 그게 악마일까?]

[왕이 된다면 내 영혼을 가져가나?]

[너무 고리타분하게 생각하지 말게, 친구여. 악마에게 영혼을 판다는 이야기는 너무 과장되었다네. 나는 그저 파트너를 찾는 것뿐이야.]

악마에게 영혼을 팔지 않아도 된다.

마신의 종이 된다면 강력한 힘과 군대를 얻어 왕국을 건설할 수 있었다.

백작에게 이건 엄청난 기회였다.

[이 혼란한 세상에서 승자의 손을 잡는 것은 지극히 이상적인 일.]

침공당하는 것이 두렵다.

백성이 죽는 것은 고통스러웠으며 하루하루가 긴장의 연속이었다.

그러나 악마가 내미는 손을 잡는다면 세상을 가질 수 있었다.

나약했던 베르칸의 마음속에서 야심이 꿈틀거렸다.

[그대의 손을 잡겠다.]
[아주 이성적인 판단이다! 네 그릇은 다른 종자들과는 결부터 다르구나. 너는 왕이 될 자격이 있다.]

베르칸은 마신의 종으로서 힘을 가졌다.

기사와 병사, 백성을 타락시킬 수 있었으며, 인간의 영지하나를 집어삼키는 순간 더욱 강력해질 것이다.

인간 영지를 제물로 마물까지 조종할 수 있게 된다면.

[세상은 나의 것이다.]

악마와 손을 잡은 베르칸은 가까운 영지부터 침공하고자
했다.

마신께 공양하려면 살아 있는 인간이 대거 필요하다.

그의 백성들은 언젠가 전부 마인이 되어 군사력으로 활
용할 것이었기에 오라클 영지부터 제물로 삼는다.

그는 침공을 위해 병력을 훈련하고 계획을 세웠다.

강력해진 힘, 그 힘을 이어받아 진화한 병사들.

두려울 것이 없었다.

고작 남작령 따위야 손쉽게 무너뜨릴 수 있었지만, 대규
모 침공에는 준비가 필요한 법이었다.

그는 정찰을 위해 기사단장 아울 타르지안을 오라클 영
지로 보냈다.

그리고 지금, 사자로 갔던 아울이 복귀했다.

"세계(世界)의 왕이시여, 제물이 될 영지를 다녀왔나이
다."

"그곳은 어떻던가?"

"대략 오륙백의 병력이 주둔 중이나, 태반이 신병이거나
징집병인 것으로 사료됩니다."

"별것 아니군."

마신께 바치는 첫 먹이로 제격이었다.

그가 생각에 잠겨 있을 때, 아울 타르지안이 마기를 뿜어냈다.

"감히 왕께 아뢰옵기 황공하오나, 오만에 가득 찬 오라클 영지의 기사가 전해 달라는 말이 있었습니다."

"내게?"

"하오나 너무 감당키 어려운 폭언이라 어찌 보고해야 할지 망설여지옵니다."

"기사의 입을 거쳤다고 하나, 영주의 명령이 없으면 불가능한 일이지. 토씨 하나 틀리지 말고 전해라."

"진정…… 그래도 되겠나이까?"

"내게 전하라고 한 말이다. 그러니 들어야지."

아울 타르지안은 눈을 질끈 감고 말했다.

"악마에게 홀려 식인이나 하는 잡것들의 우두머리는 내 친히 아랫도리를 베어 입에 처넣을 것이야. 이는 말도르 카브란의 약속이다……라고 했습니다."

"뭣이!?"

생전 들도 보도 못한 욕이었다.

입이 어찌나 험악한지 악마가 된 백작조차 혀를 내두를 지경이었다.

"감히 내 아랫도리를 잘라 입에 처넣겠다고 했나!"

"화, 황공하옵니다."

"그 말, 그대로 되돌려 줄 것이다."

꽈직!

베르칸 백작이 힘을 주자 테이블 전체가 마기에 침식돼 박살 났다.

"준비를 하오리까?"

"서둘러 준비하라. 준비가 끝나는 순간, 말도르 카브란 과 영주를 직접 포 뜬다."

다음 날 정오.

아론은 최초로 밀 종자가 뿌려질 농지를 방문했다.

이곳에는 가신들을 비롯해 수많은 백성들이 함께하고 있 었다.

푸르고 높은 하늘 아래, 넓게 펼쳐진 농경지가 보였다.

지난 시간 동안 영지의 기사들은 농지 주변의 모든 몬스 터들을 처리했다.

워낙 영토가 넓어져 신성 보호막 전체의 토벌은 완료되 지 않았다. 그래도 농지에 한정해서는 안전하다 볼 수 있었 다.

목숨을 걸고 농사를 지어야 했던 과거와는 다르다.

농지 곳곳에 초소가 설치돼 병력이 주둔했으며, 혹시라 도 마물이 출현하면 곧바로 출동해 처리할 것이다.

덕분에 백성들은 꽤 안정된 환경에서 농사를 지을 수 있게 되었다.

아론이 종자를 한 줌 쥐었다.

털썩.

그러고는 곧바로 무릎을 꿇었다.

"자비로운 여신 베일리여, 이 땅을 축복하소서."

아론이 기도를 시작하자 모든 백성들이 한쪽 무릎을 꿇고 성호를 그었다.

대륙의 모든 영지가 망가지고 있는 가운데, 오라클 영지는 그나마 명맥을 이어 나가고 있었다.

백성들도 그 사실을 알았다.

여신의 가호가 아니라면 불가능한 일이었으니까.

아론의 설교와 이야기를 듣다 보니 그렇게 세뇌되었다.

"당신의 지혜와 인도로 여기까지 왔나이다. 이 작은 씨앗들이 자라나 풍성한 열매를 맺게 하시고, 대지 어머니의 품에서 무한한 생명을 피어나게 하소서. 이 땅과 씨앗이 흙과 물, 빛의 은총을 받아 자라나며 창조의 권능을 드러내시옵소서. 당신의 백성들이 일용할 양식을 얻으며 번성할 것을 믿나이다. 그 섭리 아래 살아가도록 축복하옵소서."

기도문의 완성과 함께 광휘가 피어났다.

몇 번의 레벨 업을 거듭하며 강력해진 '신성한 축복'이었다.

아론은 어디서 주워 들은 말을 조합해 기도문을 왼 것뿐
이었지만, 광휘가 더해지니 썩 잘 어울렸다.

여신의 축복, 인도, 섭리 등을 말했지만 아론이 원하는
것은 하나였다.

'이 곡식을 수확할 즈음, 영지의 경제는 재건될 것이다.
그때부터가 진정한 경영의 시작이지.'

『디펜스 게임의 군주가 되었다』 3권에서 계속